花と緑の歳時記365日

俳句αあるふぁ編集部 編

毎日新聞出版

はじめに

一般的な歳時記は季語を解説したものですが、この本は、一年三百六十五日の日付に沿って、花や緑を詠んだ句を一日一句ずつ掲載しています。気楽に俳句を楽しんで頂けるよう、句や季語の解説を加え、美しい花の写真を添えました。

私たちは身ほとりに咲くさまざまな花を楽しみ、心癒やされてきました。野に咲くたんぽぽに幼い頃を思い出す人もいるでしょう。金木犀の香りにふと青春の一場面が蘇る人もいるでしょう。

春になると萌え出る草の芽、まだ寒さの続くなか、春の訪れを告げる梅、華やかに咲き誇り、あっという間に散ってゆく桜、野の土筆や菜の花。

初夏のみずみずしい若葉や青葉、華やかな薔薇や牡丹、梅雨の季節の鮮やかな紫陽花やあやめ、うっそうと茂る夏木立の深い緑、真夏の太陽の下で輝く一面の向日葵。

秋の風に揺れるコスモスや萩、金色の光に包まれた芒原、可愛い木の実、鮮やかな紅葉。

冬になり葉を落とした冬木の凜々しさ、舞い散る落ち葉、雪からそっと顔を覗かせる緑。

人生のさまざまな場面で、花や緑は喜びを与えてくれるのではないでしょうか。

万葉の時代から、草花は多くの詩歌に詠まれてきました。『万葉集』では百六十種類以上の植物が詠まれ、梅や萩の歌が多く残っています。元号「令和」の由来が『万葉集』の「梅花の序」であるのもご存じでしょう。『古今集』『新古今集』の時代には、梅から桜へと主役が代わり、朝顔や竜胆、椿など新しい花が顔を見せています。

連歌の五七五七七の最初の五七五の発句を、江戸時代に松尾芭蕉が独立させ、明治時代に正岡子規が名付けた「俳句」にも、和歌の美意識や歴史は引き継がれています。

俳句は五七五の有季定型というのが基本的なルールです。

古来、日本人は春、夏、秋、冬と巡り、移りゆく四季とともに、豊かな自然を暮らしに取り入れ、生きてきました。人間は自然の一部であり、自然とともに生きるという日本人の自然観、美意識が、俳句の肝となる季語には込められているのです。

たとえば桜には、満開の桜のあとの「落花」「桜蘂(さくらしべ)降る」(春)、花も終わり葉だけの「葉桜」(夏)、「桜紅葉」(秋)など四季おりおりの季語があり、句が詠まれています。

水上に美しい花を咲かせる蓮も、秋には破れた葉が無残な「敗荷(やれはす)」(秋)となり、やがて茎のみの「枯蓮」(冬)となります。

美しい花だけでなく、その後の寂しげな姿にも美を見出し、木の実の散る音や落ち葉を踏む

音に耳を傾け、蕭条とした枯野や枯れ木にも人々は心を寄せてきたのです。

江戸時代の園芸ブームを経て、明治以後、チューリップやグラジオラス、シクラメンなど洋種の花が日本に入ってきて人気をよび、草花の栽培も盛んになって、現代の俳人が詠む花の種類は格段に増えましたが、草花をみつめるまなざしには、こうした日本人の感性が脈々と流れているのではないでしょうか。

江戸時代から現代の若手俳人まで、さまざまな思いとともに詠まれた句を味わうとともに、日本人が培ってきた繊細な美意識を感じとってください。

そしてできるならあなたも、道端や公園に咲く花に目をとめて、一句詠んでみませんか。この本に掲載されているその日の季語で、一日一句、詠んでみるのも楽しいでしょう。あなたのいまの心がそのまま一句となって残るのです。それは日常に彩りを与え、人生を豊かにしてくれるでしょう。その手助けができれば、こんなに嬉しいことはありません。

俳句αあるふぁ 編集部

出典：本書は「俳句αあるふぁ」二〇一八年春号から二〇一九年冬号まで掲載された「花と緑の歳時記３６５日」に加筆、訂正を加えたものである。

目次

凡例

・本書は四月一日から三月三十一日まで、日付に沿って一日一句を掲載、句や季語の解説を付したものである。日付、旧暦、二十四節気、月齢、俳句、季語とその季節、作者名を記し、解説を加えた。
・旧暦は毎年異なる。日付の下にある旧暦は二〇一八年から二〇一九年のものである。
・二十四節気（立春、雨水など）も二〇一八年から二〇一九年のものである。
・俳句のなかで誤読や難読のおそれがある文字、俳句独特の読みをするものには、ふりがなをつけた。ふりがなは新仮名遣いとした。
・季語の表記は基本的に句の表記に合わせたが、わかりやすくするため一般的な歳時記の表記に合わせたものもある。原句が旧仮名遣いでも、季語は新仮名遣いとした。

4月 【卯月(うづき)・卯花月(うのはなづき)】

満開の桜（山形県馬見ケ崎川）

4月1日 旧2月16日

さまざまの事思ひ出す桜かな

桜　春　松尾芭蕉（まつおばしょう）

美しく咲き誇る桜に、さまざまな思い出がとめどなく蘇ります。芭蕉四十五歳の作。故郷、伊賀上野で、二十五歳で急逝した旧主藤堂蟬吟（とうどうせんぎん）の遺子、探丸（たんがん）に花見に招かれ、若き日を思い、感慨にひたります。どの時代も、日本人はみな、それぞれの思いを重ねて、桜をみつめてきたのです。

4月2日 旧2月17日

クローバーに寝転び雲に運ばるる

クローバー　春　すずき巴里（ぱり）

クローバーは別名シロツメクサ。四つ葉のクローバーは幸せの象徴と言われます。クローバーの生える野に寝転んで、空を見上げたら、この地上から離れて、遠くどこまでも運ばれていくような気がしました。

4月3日 旧2月18日

チューリップ喜びだけを持つてゐる

チューリップ　春　細見綾子（ほそみあやこ）

一点の翳りもなく、眩しく輝く、喜びそのもののようなチューリップ。昭和十三年、三十一歳の作です。結婚後二年で夫が結核で病没、自らも発病し、故郷の丹波へ戻った綾子。その後母も喪（うしな）い、長く孤独な療養生活を送りました。悲しみの日々から、明るく喜びに満ちた一句が生まれたのです。

チューリップ

4月4日 旧2月19日

ぎしぎしやことば無頼の山仲間

ぎしぎし　春　水沼三郎（みずぬまさぶろう）

羊蹄（ぎしぎし）はタデ科の多年草。水辺の湿った土地に群生し、高さは一メー

トルほどになります。たくましい羊蹄の生えた道を、山仲間とわいわい言い合いながら歩いていきます。言葉は乱暴でも信頼しあった親しい仲間です。

4月5日 旧2月20日 清明

ただひとりにも波は来る花ゑんど

花えんどう　春　友岡子郷（ともおかしきょう）

ひとり海辺に立っています。押しよせる白波、白い小さな豌豆（えんどう）の花。平成七年、阪神淡路大震災で自宅半壊の被害に遭った作者が、三重県の安乗岬（あのりみさき）で詠んだ句です。「青海原から寄せてくる波を見ながら、私は自己の孤心を思い、それから震災死者たちの無念を思った」と自ら語っています。

4月6日 旧2月21日

まむし草疎（うと）んじをれば挑（いど）みけり

まむし草　春　文挟夫佐恵（ふばさみふさえ）

茎の紫褐色のまだら模様が蝮を連想させ、その名がついた蝮蛇草（まむしぐさ）。花を包む、仏炎苞（ぶつえんほう）と呼ばれる苞（ほう）の先が前に突き出ており、蛇の鎌首に似て不気味な感じがします。人に嫌われているのを知って、戦いを挑んでいるようです。

4月7日 旧2月22日

中空（なかぞら）にとまらんとする落花かな

落花　春　中村汀女（なかむらていじょ）

落花

風に吹かれ、はらはらと散ってゆく桜のはなびら一枚一枚を、愛

おしくみつめます。落ちていくもの、風に舞いあがるもの、上空に浮くもの。一瞬、そのまま空中に浮いていてとまっているように見えました。昭和十年作、横浜三渓園での作といわれます。

4月8日　旧2月23日

サイネリア待つといふことをきらきらす

サイネリア　鎌倉佐弓（かまくらさゆみ）

青や紫やピンク、白の野菊に似た花がボールのように集まって咲く、可愛らしいサイネリア。シネラリアともいいます。第一句集『潤』所収。愛する人を待つ幸せな気持ちが伝わってくる、二十代の若さと輝きに満ちた一句です。

4月9日　旧2月24日

半生の狂ひしときの花蘇芳（はなずおう）

花蘇芳　春　山田（やまだ）みづえ

二人の男の子を父親のもとに置いて、家を出ました。一番苦しい時に咲いていた花蘇芳。せつない思いが甦ります。「転機ではあったが苦しい回顧につながる花」と自註にあります。第一句集『忘』所収。三十四歳の作です。

4月10日　旧2月25日

里の子の肌まだ白しももの花

ももの花　春　加賀千代女（かがのちよじょ）

桃の花が咲く頃、山の子や海辺の子はすでに日に焼けていますが、村里の子の肌はまだ白いままです。花の桃色と白い肌の色のやわらかさ、花と子供に共通するふくよかさが春らしさを感じさせます。

4月11日　旧2月26日

菜の花といふ平凡を愛しけり

菜の花　春　富安風生（とみやすふうせい）

あちこちで菜の花が咲き始めました。特別な花ではないけれど、さりげなく咲き、心をやさしく明るくしてくれる、そんな花です。水原秋桜子がその作風を「軽快で分かりやすく、さらりとして誰にでも親しみやすい」と語った、風生らしい作品ですね。

畑を黄色に染める菜の花（滋賀県東近江市）

4月12日　旧2月27日

落椿われならば急流へ落つ

落椿　春　鷹羽狩行

散るときは花びらでなく花全体が落ちる椿。地面に落ちた椿も美しく「落椿」という季語になっています。落ちるなら「いっそ、いさぎよく、たちまち渦に呑み込まれる急湍に落ちてほしい」と自註にあります。昭和三十六年作、句集『誕生』の一句です。

水面に落ちた椿の花

アメリカ花水木

4月13日　旧2月28日

むかし清瀬にひとつの悲恋花水木（はなみずき）

花水木　春　七田谷（なだや）まりうす

若い頃、清瀬（東京都）の結核研究所付属療養所に入院していた作者。このままでは相手を不幸にするだけと恋をあきらめました。その地でいま花水木が、明るく輝くように咲き満ちています。

4月14日　旧2月29日

群れ咲いて二人静（ふたりしずか）といふは嘘

二人静　春　高木晴子（たかぎはるこ）

二人静という名から、二輪ひっそりと咲く花かと思ったけれど、という素直な気持ちがそのまま句になりました。二本の花穂の先に小さな白い花をつける二人静。能楽「二人静」の静御前とその亡霊の舞姿にたとえて、この名がつきました。

4月15日　旧2月30日

草若葉眠たくなれば眠りけり

草若葉　春　星野麥丘人（ほしのばくきゅうじん）

眠くなったらそのまま眠ってしまえばいい、春のやわらかな空気は、そんな優しさに満ちていました。木々の若葉をさす「若葉」は夏の季語ですが、それよりやや早く、野原の草の芽が伸びて緑を増す「草若葉」は春の季語になっています。

4月16日　旧3月1日

滝となる前のしづけさ藤映す

藤　春　鷲谷七菜子（わしたにななこ）

山を彩る見事な藤の花、清流の

藤の花が見ごろを迎えた前山寺（長野県上田市）

鏡のような水面に、その美しい姿が映っています。しんとした山と水の静けさ。この水は、少し先で滝となって激しく砕け落ちていくのです。ひっそりとした情景が美しく浮かび上がります。

4月17日　旧3月2日

山吹は山の黄の花友の花　大井雅人

山吹　春

明るい黄色の山吹の花。しなやかな枝が風に揺れるさまから『万葉集』では山振と呼ばれ、転じてこの名になったといわれます。山で出合った山吹の花は、昔からの友達のように親しく感じられました。思わず口ずさんでしまう、リ

ズミカルな一句です。

4月18日 旧3月3日

花杏受胎告知の翅音びび

花杏　春　川端茅舎

美しい杏の花が咲いています。翅を震わせながら、蜜蜂が飛び交い、受粉しています。その光景をマリアへの受胎告知として捉えた発想が卓抜です。「びび」という擬音が効果的に使われています。

4月19日 旧3月4日

八方に聞耳立ててシクラメン

シクラメン　春　菊池麻風

花びらをつんと立てたシクラメン、確かに聞耳を立てているようですね。シクラメンは地中海地方が原産で、日本に伝わったのは明治時代。篝火花ともいわれます。クリスマスやお正月に飾る冬の鉢植えとして定着していますが、春の花です。

4月20日 旧3月5日　穀雨

ひとつ二つよそ見してゐる葱坊主

葱坊主　春　北村保

畑に葱坊主が一列に並んでいます。元気な子供たちのようです。葱坊主は「葱の花」のこと。球状の花を坊主頭に見立ててこう呼び、擬宝珠（欄干の柱の頂部などにつける飾り）に似ているので「葱の

葱坊主の花に止まる蜜蜂（香川県善通寺市）

山躑躅（岩手県赤坂峠登山口）

擬宝」ともいいます。

4月21日　旧3月6日

死ぬものは死にゆく躑躅燃えてをり

躑躅　春　臼田亜浪

躑躅の花が真っ赤に咲き誇り、旺盛な生命力に圧倒されます。いっぽう命衰えたものは、静かに死んでゆくのです。大正四年に大須賀乙字の助力を得て「石楠」（のち「石楠」）を創刊、主宰し、虚子や碧梧桐を批判して俳壇の革新を訴えた亜浪。脳出血を繰り返し、自らの死を覚悟した晩年の作です。

4月22日　旧3月7日

口ごたへすまじと思ふ木瓜の花

木瓜の花　春　星野立子

素直でつつしみ深く、口答えなどしないでいよう、とは思うけれど、やはり心の底には屈しきれない思いを抱えています。そんな気持ちと、小さく愛らしいけれど、強い赤の木瓜の花が響き合います。

4月23日　旧3月8日

スイートピー切りながら手にあふれゆく

スイートピー　春　今井千鶴子

スイートピーを摘んでいくと、やわらかな色合い、蝶のようにひらひらとした花びらのスイートピ

水

ーが手に溢れていき、幸せな気持ちになりました。みずみずしく豊かな感性が感じられる一句です。

4月24日 旧3月9日

桜蘂（さくらしべ）降る駅遠く家遠く

桜蘂降る　春　**阪西敦子（さかにしあつこ）**

「桜蘂降る」とは、桜の花が散ったあと、萼（がく）に残ったこまやかな蘂が散ること。紅い蘂が地面に散り敷き、そのひそやかさには、花の頃とはまた別の趣があります。家からも駅からも遠く離れた場所に佇み、ひとり、静かに降る桜蘂に包まれています。

4月25日 旧3月10日

小でまりの花に風いで来（き）りけり

小でまりの花　春　**久保田万太郎（くぼたまんたろう）**

白い小さな花が枝に手鞠のように集まって咲く小粉団（こでまり）の花。小手毬、小手鞠とも書きます。楚々として愛らしく、風に吹かれて揺れるさまは何とも言えない風情があります。晩年の万太郎の心にしみた小粉団。昭和三十八年、亡くなった最後の日の句といいます。

4月26日 旧3月11日

夭折はすでにかなはず梨の花

梨の花　春　**福永法弘（ふくながのりひろ）**

梨の花は、桜や桃と同じバラ科。純白で清らかな花は、何にも染まらない純粋さを感じさせます。その美しさ、はかなさ。夭折に憧れた青春の日々を思います。いつしか容赦なく時は流れていました。

4月27日 旧3月12日

セロファンの中の幸せかすみ草

かすみ草　春　**椎名智恵子（しいなちえこ）**

花束やブーケには定番の霞草（かすみそう）。清楚で愛らしい、小さな白い花が、華やかな花を霞のように包み込みます。霞草だけの花束も、ふんわり優しい雰囲気です。セロファンに包まれた花束に、幸せが満ちています。

梨の花と鳥海山（山形県酒田市）

勿忘草

4月28日 旧3月13日

花よりも勿忘草といふ名摘む

勿忘草　春　粟津松彩子

逢坂の関所跡（滋賀県大津市）での一句です。関所でのさまざまな別れを思い、その名に心ひかれたのです。勿忘草は青い小さな花が群れ咲く可憐な花です。印象的なこの名は、forget-me-notの日本語訳。明治三十八年刊行の上田敏訳『海潮音』で詩「勿忘草」が紹介され、定着しました。

4月29日 旧3月14日　昭和の日

来しかたや馬酔木咲く野の日のひかり

馬酔木　春　水原秋桜子

奈良、東大寺三月堂での作です。昭和二年、三十六歳の秋桜子は和辻哲郎『古寺巡礼』の古寺や仏像に心ひかれ、ひとり大和路を歩きました。馬酔木が花盛りの奈良。明るい日の光に満ちた古都で、万葉の時代からの時の流れ、自分の歩いてきた道を思います。

4月30日 旧3月15日

もじやもじやの四月が終る翁草

翁草　春　佐藤鬼房

翁草は赤紫の風情のある花を咲

かせますが、花のあとできる種に白く長い毛があり、風にそよぐさまを白髪に見立ててこの名がつきました。新しい年度が始まり、もじゃもじゃの白髪のように、何かと忙しかった四月も、もう終わろうとしています。

馬酔木

白いひげで覆われた翁草（島根県邑南町）

5月 【皐月・多草月】

大阪湾に向かって咲く百合（大阪府此花区）

野茨

5月1日　旧3月16日

愁ひつつ岡にのぼれば花いばら

花いばら　夏　与謝蕪村（よさぶそん）

ひとり憂愁の心を抱いて近くの岡にのぼると、白く可憐な茨（いばら）の花が咲いていました。故郷につながる茨の花は、鋭い棘を持ち、優しさと同時に傷みを感じさせます。豊かな抒情性、近代的な憂愁の思いを感じさせる、清新な名句です。

5月2日　旧3月17日　八十八夜

ロダンの首泰山木（たいさんぼく）は花得たり

泰山木の花　夏　角川源義（かどかわげんよし）

新築祝いに贈られた泰山木が花をつけました。愛蔵するロダンの彫刻の力強さと、頭上に戴くように咲いた大きく白い泰山木の花が響き合います。角川書店の創業者として、仕事も人生も充実した日々。心の弾みが感じられる、源義の代表句のひとつです。

5月3日　旧3月18日　憲法記念日

起立礼着席青葉風過ぎた

青葉風　夏　神野紗希（こうのさき）

「起立、礼、着席」。日直の号令とともに、一斉に動く教室の生徒たち。椅子を動かす音やざわめき。その一瞬、作者はひとり、青葉風が吹き抜けていくのを感じました。俳句甲子園で話題をよんだ、みずみずしい青春俳句です。

5月4日　旧3月19日　みどりの日

白牡丹といふといへども紅（こう）ほのか

牡丹　夏　高浜虚子（たかはまきょし）

大輪の牡丹（山形県高畠町）

白い牡丹のなかに、ほんのりさした紅色。「といふといへども」は一見意味のなさそうな表現ですが、白い牡丹の花を目を凝らして見入ると、美しさを引き出しているのは紅だったという発見、驚きにいたる時間の流れや心情の動きが表れています。ふくよかな調べが花の豊かさを感じさせます。

5月5日 旧3月20日　立夏　こどもの日

積草の青き底まで端午の日

端午の日　夏　**平畑静塔**（ひらはたせいとう）

今日は男の子の健やかな成長を祈る端午の節句。菖蒲の節句とも呼ばれ、邪気を祓うとされる菖蒲を蓬と一緒に軒に吊したり、甲冑や武者人形を飾ります。積み上げられた草の底まで、青く生命力に溢れています。

5月6日 旧3月21日

新樹並びなさい写真撮りますよ

新樹　夏　**藤後左右**（とうごさゆう）

みずみずしい緑の葉をいっぱいにつけた新樹。若々しく伸びていく木が元気な若者たちのようで、愉しくなってしまいます。平畑静塔らと「京大俳句」を創刊し、戦後、口語俳句に転じた左右の代表作のひとつです。

5月7日 旧3月22日

ガーベラ挿すコロナビールの空壜に

ガーベラ　夏　榮(さかえ)　猿丸(さるまる)

昨日ラッパ飲みでもしたのでしょうか。コロナビールの空き壜に、一本のガーベラをすっと挿しました。花瓶なんてないけれど、いつもその辺にビールの空き壜はある、独身男性の独り暮らし。さりげない日常が詩に昇華され、印象に残る一句となりました。

5月8日 旧3月23日

てつせんのほか蔓ものを愛さずに

てっせん　夏　安東次男(あんどうつぐお)

針金のように硬い蔓を持ち、大

ガーベラ

罌粟

きく美しい花を咲かせる鉄仙（てっせん）。「十九歳のときにたわむれに詠んだ」という句から、気持ちがまっすぐに伝わってきます。安東次男は学生時代加藤楸邨に師事。その後詩作に転じ、詩人、評論家として活躍しました。

5月9日　旧3月24日

罌粟（けし）ひらく髪の先まで寂しきとき

罌粟の花　夏　橋本多佳子（はしもとたかこ）

身にしみる寂しさを感じながら、髪をとかしています。長く豊かな黒髪の先の先まで、寂しさが行きわたっていくようです。そこに開く真っ赤な罌粟の花の鮮やかさ。昭和二十四年作、激しくロマンチシズム溢れる作品で知られる句集『紅絲』所収の一句です。

5月10日　旧3月25日

一枚の空あり桐は揺るる花

桐の花　夏　篠崎圭介（しのざきけいすけ）

空に大きく伸びた枝に、薄紫の桐の花が咲いています。一枚の平面のようにぴたっと澄み渡った大空と、風に揺れる桐の花。美しい初夏の情景です。桐は古くから良質の木材として重宝され、また神聖な木として家紋や紋章の意匠に取り入れられてきました。

5月11日 旧3月26日

百千の薔薇の中より呼ばれけり

薔薇　夏　出口善子（でぐちよしこ）

美しいさまざまな薔薇が咲き誇る薔薇園。花に囲まれ、薔薇の香に包まれる幸福感が満ちてきます。花の女王と言われる薔薇。ギリシャ神話では、愛と美の女神、アフロディーテが海から誕生したときに、大地が薔薇を創造したといわれます。

5月12日 旧3月27日

いくさよあるな麦生（むぎう）に金貨天降（あまふ）るとも

麦生　夏　中村草田男（なかむらくさたお）

「麦生」は麦の生えていること、その場所をさします。たとえ麦畑に天から金貨が降るような世界となろうとも、戦争にだけはなるな。昭和二十四年作、反戦の一句です。この句がおさめられた句集『銀河依然』（昭和二十八年刊）の序で、草田男は、社会性俳句のありかたについて口火を切りました。

5月13日 旧3月28日　母の日

娘に貰ひ母に供へてカーネーション

カーネーション　夏　守屋和子（もりやかずこ）

今日は母の日。母として娘にカーネーションを貰い、娘として、亡き母に供えます。引き継がれる思い。母となって、母への思いはより深くなっていきます。

出荷を待つカーネーション（埼玉県鴻巣市）

スイカズラ科の花（山梨市）

5月14日　旧3月29日

忍冬（にんどう）の花のこぼせる言葉かな ●

忍冬の花　夏　後藤比奈夫（ごとうひなお）

人の唇に似た形の、白く愛らしい忍冬（すいかずら）の花。何か言いたげです。こぼすように、そっとささやいた言葉が聞こえたような気がしました。冬も緑の葉をつけているので忍冬、吸うと甘いことから吸葛とも書きます。

5月15日　旧4月1日

盆栽になつて百年風薫る ●

風薫る　夏　しなだしん

樹齢百年という盆栽。長い時間を刻み、日々手入れを加えられ、世代を超えて慈しみ育てられてきました。いのちの重みを感じる古木に、いま、初夏のみずみずしい、軽やかな風が吹き渡ります。

5月16日　旧4月2日

虞美人草（ぐびじんそう）只いちにんを愛し抜く ●

虞美人草　夏　伊丹三樹彦（いたみみきひこ）

虞美人草は雛罌粟（ひなげし）、ポピーのこと。虞美人草の名は、中国の項羽（こうう）と劉邦（りゅうほう）の最後の戦いの時、項羽の寵姫、虞姫（ぐき）（虞美人）が自害、その傍らに咲いたという言い伝えに由来します。妻伊丹公子への思いを高らかに詠いあげた、昭和五十七年、六十二歳の作です。

向島百花園の青芒（東京都墨田区）

5月17日 旧4月3日

切先の我へ我へと青芒

青芒　夏　行方克巳

青々とした芒が勢いよく生い茂っています。その細い葉は鋭く、手を触れると刃物で切ったように切れてしまいます。青芒へ分け入り、自分に向かってくるその切先に向かって、ずんずん突き進んでゆきます。

5月18日 旧4月4日

言う前にひらく唇すべりひゆ

すべりひゆ　夏　池田澄子

路傍や田畑、至るところで見かける滑莧。暗赤色の茎が地を這い、夏に黄色の小さな花を咲かせます。唇が開いて形を作り、そっと吐いた息が余韻のように言葉になって、消えていきます。「すべりひゆ」という音のやさしさ、軽やかさが楽しい一句です。

5月19日 旧4月5日

捩花はねぢれて咲いて素直なり

捩花　夏　青柳志解樹

茎にらせんをえがくように小さな薄紅の花を咲かせる捩花。文字摺草ともいいます。ねじれて咲く、というとひねくれているようですが、捩花はそれが自然、ありのままの姿。素直な少女のような愛らしさです。

捩花（埼玉県狭山市）

蜜柑の花（和歌山県有田市）

5月20日　旧4月6日

改札で父が手を振る花みかん

花みかん　夏　黛（まゆずみ）まどか

両親の待つ湯河原（神奈川県）へ帰ります。電車のドアが開き、胸いっぱいに蜜柑の花の甘酸っぱい香りを、胸いっぱいに吸い込みました。改札で待っていた父が大きく手を振り、手を振り返します。白く清楚で香りの良い蜜柑の花、故郷の花です。

5月21日　旧4月7日　小満

葉桜のまつただなかへ生還す

葉桜　夏　石（いし）寒太（かんた）

がんを患い入院、手術、死も覚悟しました。退院したのは葉桜の季節。風に揺れてそよぎ、きらめく、みずみずしい葉桜、生きているのだと実感します。句集『生還す』所収。十年後の句集『以後』に「生還の以後の十年さくらの芽」の句があります。

5月22日　旧4月8日

海芋（かいう）生けしろじろいのちありにけり

海芋　夏　小坂順子（こさかじゅんこ）

カラーの名で知られる海芋。棒状の花を白い漏斗状の仏炎苞が包みます。ほの白く輝いた海芋の花に、いのちを感じます。子を置いて離婚後、新橋芸者を経て築地の旅館の女将となった順子。さまざまな思いを重ねた、昭和三十年、

三十七歳の作です。

5月23日 旧4月9日

葉ずれみな言の葉となる五月かな

五月　夏　堀本裕樹（ほりもとゆうき）

みずみずしい若葉匂う五月。風に揺れ、触れ合う若葉が、みな美しい言葉のように響き渡ります。いくつもの言葉が生まれ、生い茂るたくさんの葉のように、五月の風の中に広がってゆきます。

5月24日 旧4月10日

たくさんの百合添へて死を頂戴す

百合　夏　正木ゆう子（まさきゆうこ）

作者を俳句に導いた兄、正木浩一は「沖」の同人。透明感ある作品を残して四十九歳で亡くなりました。たくさんの美しい百合に埋もれるように死の世界へ旅だった兄。静かにその死を受け入れます。

5月25日 旧4月11日

卯の花や家をめぐれば小さき橋

卯の花　夏　泉鏡花（いずみきょうか）

近所を散歩してみつけた、小川にかかる小さな橋、卯の花咲く頃のやさしい情景です。緑の若葉の中、白い小さな花をたくさんつけ、しだれた枝先をおおうように咲きこぼれる卯の花。古くから初夏の花として愛され、『万葉集』にも数多く詠まれています。

金雀枝

5月26日 旧4月12日

金雀枝（えにしだ）の咲きあふれ色あふれけり

金雀枝　夏　藤松遊子（ふじまつゆうし）

弓なりにしなった枝に、蝶が群がるように、鮮やかな黄色の蝶形の花がびっしりと咲いています。金雀枝です。心がぱあっと明るくなるような情景が目に浮かびます。

色彩感覚あふれる一句です。

5月27日 旧4月13日

すずらんのりりりりりりと風に在り

すずらん　夏　日野草城

葉に隠れるようにひっそりと咲く、小さな鈴のような鈴蘭。風に吹かれ、鳴っているようです。「りりりりりり」という擬音が花の愛らしさを感じさせますね。鈴蘭は北海道を代表する花、君影草ともいいます。

5月28日 旧4月14日

鳥たちし大山蓮華ゆるるかな

大山蓮華　夏　小澤實

大山蓮華の花がかすかに揺れています。いま鳥が飛び立っていったのです。ひっそりとした山の静けさが伝わってきます。純白で香り高くうつむくように咲く姿から、山の貴婦人といわれる大山蓮華。天女花、深山蓮華ともいいます。

5月29日 旧4月15日

アカシヤの花のほかにも何か降る

アカシアの花　夏　今井つる女

アカシヤの白い小さな花が散っています。すーっとまっすぐに、空から雪が降るように花びらが降りそそぎます。ともに降ってくると感じているのは、目に見えない何かでしょうか。どこか遠い世界を感じさせてくれる一句です。普通アカシアといわれているのは、針槐、ニセアカシアのことです。

5月30日 旧4月16日

踊子草かこみ何やら揉めてゐる

踊子草　夏　飯島晴子

踊子草は、その名のとおり、笠をかぶった踊り子が茎をぐるりと取り巻いて踊っているように見え

踊子草

ニセアカシアとダイミョウセセリ

ます。踊子草をみつけて、同じように花をぐるりと取り囲んでいる人たち、こちらは何やら揉めているようですね。

5月31日　旧4月17日

新緑に命かがやく日なりけり

新緑　夏　稲畑汀子（いなはたていこ）

さわやかな初夏の風が吹き抜け、若葉がきらめきます。木々は、新しく生まれた鮮やかな緑に染まり、わたしたちの心も生まれ変わったように明るく輝きます。あらゆる命が美しく輝く、初夏の一日です。

新緑に囲まれる菊池渓谷（熊本県菊池市）

6月【水無月・季夏】

明月院の紫陽花（神奈川県鎌倉市）

6月1日 旧4月18日

水たまり踏んでくちなし匂ふ夜へ

くちなし　夏　小川軽舟（おがわけいしゅう）

甘い梔子（くちなし）の香り漂う夜の闇へ、一歩踏み出します。水たまりをよけずに、あえて踏んでいくのです。「鷹」主宰の作者が、昭和六十一年、二十五歳のときにはじめて「鷹」の例会に出席し、投句した句。未知の世界へ足を踏み出したときの、みずみずしい一句です。

梔子

6月2日 旧4月19日

天上も淋しからんに燕子花（かきつばた）

燕子花　夏　鈴木六林男（すずきむりお）

水辺に咲く燕子花の幽玄な美しさ。大空を舞う燕の翼のような花弁を持っていますが、天上もまた、地上の自分と同様、淋しいことでしょう。あの世とこの世でともに感じる淋しさ、それは人間が宿命的に感じる、存在そのものの淋しさです。

6月3日 旧4月20日

あぢさゐはすべて残像ではないか

あじさい　夏　山口優夢（やまぐちゆうむ）

雨に煙る、紫から青、さまざま

燕子花（京都市北区の大田神社）

な微妙な色合いの小さな額が重なり連なった紫陽花。見ていると、これは残像ではないか、と思えてきます。もしかしたらこの世の「すべて」も、もう現実ではないのかもしれません。作者は昭和六十年生まれ。二十五歳で刊行した第一句集『残像』の一句です。

6月4日 旧4月21日

花栗のちからかぎりに夜もにほふ

花栗　夏　飯田龍太

夜の闇に漂う、むっとするような青臭い匂い、栗の花です。白い房状の花が盛り上がるように群れ咲き、懸命に命を燃やしているのです。二十九歳の作。青春の奔放と鬱屈を秘めた第一句集『百戸の谿』の一句です。

6月5日 旧4月22日

河骨に輪廻の梯子降ろされる

河骨　夏　高岡すみ子

水面からまっすぐ茎を伸ばし、てっぺんに可憐な黄色い花を咲かせる河骨。水面の光を集めたような崇高な美しさです。その花に、天上から、生まれ変わるための梯子が降ろされてきたような気がしました。

河骨（三重県紀北町）

6月6日 旧4月23日　芒種

げんのしょうこかかる花とは抜いてみむ

げんのしょうこ　夏　吉田鴻司

現の証拠は、江戸時代から下痢止めの薬草として使われ、食べるとすぐに薬効が現われることからこの名がつきました。どんな花が咲くのか、見たことがなかったけれど、小さく愛らしい、こんな花だったんですね。

現の証拠（長野県筑北村）

6月7日　旧4月24日

百年は死者にみじかし柿の花

柿の花　夏　藺草慶子（いぐさけいこ）

人がこの世に生まれて生きて、死んでゆくまでの長い時間も、死者にとっては短いもの、もう関係ないのです。つやつやと明るく生命力に溢れる柿若葉に隠れるようにひっそりと咲く、萌葱色の小さな柿の花をみつけ、ふと思いは異世界、あの世へ向かいます。

6月8日　旧4月25日

てぬぐひの如く大きく花菖蒲

花菖蒲　夏　岸本尚毅（きしもとなおき）

豪華な花菖蒲を「てぬぐひ」に見立てるとは、大胆な表現ですね。白い花菖蒲の大きな花びらが静かに垂れているさまを、先入観なく、客観的に見事に言い止めました。「てぬぐひに似て大いなる白菖蒲」から推敲、畳みかける力強い表現になりました。

柿の花（神奈川県川崎市）

水芭蕉

6月9日 旧4月26日

ひた濡れて朝のねむりの水芭蕉

水芭蕉　夏　堀口星眠(ほりぐちせいみん)

朝の水辺で、ひたすらに濡れて咲く水芭蕉。澄んだ早朝の空気のなか、まだ静かに眠っているような清らかさです。白い帆のようなものは仏炎苞で、中心の穂のように見える部分が花の集合体。葉が芭蕉の葉に似ているのでこの名がつきました。

6月10日 旧4月27日

うれしさは葉がくれ梅のひとつかな

梅の実　夏　坪井杜国(つぼいとこく)

葉の陰に隠れた梅の実をひとつ見つけました。みずみずしい青梅です。何と嬉しいことでしょう。杜国は芭蕉の弟子。芭蕉とその一門の連句・発句を収めた選集『芭蕉七部集』「春の日」所収の一句です。

6月11日 旧4月28日 入梅

満開のさつき水面(みなも)に照るごとし

さつき　夏　杉田久女(すぎたひさじょ)

満開の杜鵑花(さつき)の鮮やかな赤が池の水面に映って、明るく輝きます。躑躅(つつじ)より少し遅れてさく杜鵑花。陰暦五月に咲くので皐月躑躅(さつきつつじ)ともいい、杜鵑(ほととぎす)の鳴きしきる頃なので、杜鵑花と書きます。

青梅

山法師

6月12日 旧4月29日

東京を三日離れて山法師

山法師　夏　鈴木真砂女

東京の忙しい日々から三日離れ、山法師の花をゆっくりと眺めながら、静けさを味わっています。林高く、真っ白な、清らかな花を咲かせる山法師。坊主頭に白い頭巾を被っているように見え、この古風な名がつきました。

6月13日 旧4月30日

衣をぬぎし闇のあなたにあやめ咲く

あやめ　夏　桂　信子

結婚後三年で夫を亡くして、十年近く。今夜もひとり家に帰り、暗い部屋で帯を解き、着物をはらりと脱ぎます。闇の向こうに思い浮かぶ、昼間見たあやめの優美な紫、闇にほんのりと浮かぶ肌の白さ。艶やかで官能的な作品です。昭和二十五年、三十六歳の作。第二句集『女身』所収の一句です。

6月14日 旧5月1日

南瓜咲く徒花ばかりにぎやかに

南瓜咲く（南瓜の花）　夏　右城暮石

南瓜畑に、地に這うように伸びた茎の先、鮮やかな黄色の花が元気に咲いています。けれど咲いても実を結ばずに散る徒花ばかり。南瓜には雄花と雌花があり、人間や昆虫が受粉してやらないと実は結びません。

6月15日 旧5月2日

どくだみの花の白さに夜風あり

どくだみ　夏　高橋淡路女

闇の中に浮かびあがるどくだみの白い花が、夜風にかすかにゆら

ぎます。その匂いで嫌がられますが、梅雨どきにほの暗い木立の下などに咲く白い花には趣があります。十薬（じゅうやく）ともいい、その茎や葉は古くから民間治療薬として使われてきました。

どくだみ

6月16日 旧5月3日

あまり口利かぬ子がゐてジギタリス

ジギタリス　夏　星野高士（ほしのたかし）

あまり口を利いてくれない子供、そんな年頃なんですね。息子の成長を愛情深く見守ります。まっすぐに伸びていく少年のようなジギタリス。「きつねのてぶくろ」ともいい、一メートルほどの茎に、紅紫色の釣り鐘状の小花が咲きのぼります。

6月17日 旧5月4日　父の日

ひるがほに電流かよひゐはせぬか

ひるがお　夏　三橋鷹女（みつはしたかじょ）

細い電線のような蔓で何にでも

巻きついて咲く昼顔。その蔓に咲く花ももしかして、電流が通っているのではないか。現実には有り得なくても、そうかなと思わせてしまう、鷹女らしい、ひりひりするような鋭敏な神経が感じられる一句です。

小昼顔

6月18日 旧5月5日

繍線菊やあの世へ詫びにゆくつもり　古舘曹人

繍線菊　夏

薄紅色の小さな花が丸く群がって咲く繍線菊。しっとりした趣のある、どこか控えめな花です。妻に先立たれ、いろいろ面倒をかけたなあと、しみじみ思い出します。生きているときは言えなかった言葉を、あの世で伝えよう。切なく心にしみる一句です。

繍線菊

6月19日 旧5月6日

立葵沖見むと咲きのぼりけり　岸原清行

立葵　夏

すっくと立ち、人の背丈以上になって、ぐんぐん伸びる立葵。海辺に咲く立葵の花は、沖を見たい、はるか彼方を見たいと、下から順に、高みをめざし咲き昇っていくのです。「葵」は、古くは素朴な双葉葵のような草花をいい、元禄時代に立葵が渡来すると、立葵をさすようになりました。

立葵

6月20日　旧5月7日

首曲げて人を待つなりアマリリス

アマリリス　夏　石井(いしい)　保(たから)

すっと立ち上がる太い茎に、大きく鮮やかな花を横向きに咲かせるアマリリス。やや俯いて、人を待っていたんですね。原産地は南アメリカ、日本には江戸時代に渡来し、多彩な園芸品種が作られています。

6月21日　旧5月8日　夏至

女貞(ねずみもち)咲きけり母を帰さねば

女貞の花　夏　永方(ながえ)裕子(ひろこ)

白い小さな花をたくさんつける女貞の花が満開になり、独特の匂

アマリリス

いを放っています。我が家と弟の家を交代で行き来して暮らしている母を、そろそろ弟の家へ帰す時期になりました。年老いた母へのさまざまな思いが、胸に迫ってきます。

6月22日 旧5月9日

あをぎりや灯は夜をゆたかにす

あおぎり　夏　髙柳克弘（たかやなぎかつひろ）

青々と大きな葉を広げて公園や庭に木蔭を作る梧桐（あおぎり）の木。夜、街灯に照らされた梧桐の美しさにはっとしました。ありふれた街路樹、見慣れた風景が、光に彩られ、情感に満ちた豊かな情景に変貌します。そっとため息をつくような感動が伝わってきます。

6月23日 旧5月10日

小判草（こばんそう）引けばたやすく抜けるもの

小判草　夏　星野椿（ほしのつばき）

小判草はイネ科の多年草で、そ

梧桐

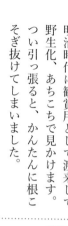

の名のとおり、小判形の小さなふわふわした穂をいくつもつけます。明治時代に観賞用として渡来して野生化、あちこちで見かけます。つい引っ張ると、かんたんに根こそぎ抜けてしまいました。

小判草

6月24日 旧5月11日

うき草や今朝はあちらの岸に咲く

うき草　夏　中川乙由（なかがわおつゆう）

小さな緑色の葉が集まり、水面に青畳を引いたように浮遊する萍（うきくさ）。昨日はこちらの岸にあったのに、今朝は向こう岸で、小さな花を咲かせています。乙由は芭蕉晩年の弟子。この句は遊女を詠んだといわれますが、世の移ろいやすさを思わせる一句です。

6月25日 旧5月12日

枇杷の実を空からとつてくれしひと

枇杷の実　夏　石田郷子（いしだきょうこ）

枇杷の木が、濃緑の葉の陰に輝くような黄橙色の実をつけています。手を伸ばして、高いところにある枇杷の実をとってくれた人。いろいろ想像させる句ですね。二人で、枇杷の向こうに広がる空を見上げています。なんだか幸せな気持ちになる一句です。

6月26日 旧5月13日

逢ひたくて蛍袋（ほたるぶくろ）に灯をともす

蛍袋　夏　岩淵喜代子（いわぶちきよこ）

うつむいて咲く蛍袋の花。その名の由来は、提灯に似た形なので提灯の古名「火垂る」から、また子供が蛍を入れて遊んだことから、といいます。逢いたい人を思っていると、蛍袋にほんのりと灯が灯

ったような気がしました。

蛍袋

6月27日　旧5月14日

神木にしてオリーブは愛の花

オリーブの花　夏　大島民郎（おおしまたみろう）

ギリシャ神話にも登場するオリーブ。ノアの方舟で枝を鳩がくわえてもどり、平和の象徴になりました。オリーブの小さな白い花の群れがふわふわと風に揺れ、梅雨の重苦しい空気をやわらかくなごませます。リズムよく、思わず口ずさんでしまう句ですね。

6月28日　旧5月15日

夾竹桃（きょうちくとう）しんかんたるに人をにくむ

夾竹桃　夏　加藤楸邨（かとうしゅうそん）

毒を秘め森閑と咲き誇る、真紅の夾竹桃。それを見ていると、心の底に人を憎む気持ちがふつふつとわき起こるのを感じます。昭和二十二年作。戦後、戦争責任の追及を受け、思ってもみなかった人

夾竹桃

に次々に非難され、苦しい立場に立たされた時期の作品です。

6月29日　旧5月16日

藻の花や魚を巻きてはほどきては

藻の花　夏　加藤三七子（かとうみなこ）

清流に可憐な白い花を咲かせる梅花藻（ばいかも）など、小川や湖沼に咲く藻の花を、総称して藻の花といいます。川の中でそよいでいるような小さな花々。水中で魚が身をひるがえすたびに、やさしく揺れ、なびきます。

6月30日　旧5月17日

歳月やはびこるものに鴨足草（ゆきのした）

鴨足草　夏　安住敦（あずみあつし）

昭和三十二年の作。貧しく、妻子を抱えながら職場を転々として、生きることに精一杯だった戦後の日々が過ぎ、生活も落ち着いてきました。編集人として刊行継続のため孤軍奮闘してきた「春燈」の発行も順調。ふと気づくと、庭に鴨足草が小さな白い花をたくさん咲かせていました。

鴨足草

7月【文月(ふづき)・七夕月(たなばたづき)】

半夏生（岐阜県各務原市）

7月1日 旧5月18日

玫瑰や今も沖には未来あり

玫瑰　夏　中村草田男

赤く可憐な玫瑰の咲く北国の海辺。目の前に、紺青の海が広がります。少年時代、夢と希望に満ちて思い描いた明るい未来が、いまもこの海の向こうにはあるはずです。昭和八年、三十二歳の作。戦争前夜、暗い雲の覆い始めた時代にも草田男は明るさを喪いませんでした。

玫瑰の花（秋田県能代市）

7月2日 旧5月19日 半夏生

わたくしに烏柄杓はまかせておいて

烏柄杓　夏　飯島晴子

烏柄杓は漢名を半夏といいます。七十二候のひとつ、半夏生はこの草の生える頃です。浦島草や蝮蛇草の花に似た不思議な形の花をつける烏柄杓。小気味よく、なぜか心に残る、遺句集『平日』の一句です。

7月3日 旧5月20日

半夏生白あざやかに出そめたる

半夏生草　夏　福井圭児

半夏生草の葉が白く変わり始め、鮮やかさにハッとしました。虫媒花の半夏生草は、花の咲く頃、虫を誘うために上部の葉が白くなります。その名の由来は、半夏生の頃に葉が白くなるからとも、半分だけ葉が白くなるのを半化粧ととらえたからともいいます。

7月4日 旧5月21日

雨だれは遠き世の音沙羅の花

沙羅の花　夏　須藤常央

白い沙羅の花が雨に包まれ静か

に咲いています。静寂のなかに響く小さな雨だれの音は、遠い彼岸から聞こえてくるようです。沙羅の花と呼ばれる夏椿は、釈迦入寂の沙羅双樹とは違いますが、はかなく美しい一日花がこの世の無常を感じさせます。

7月5日　旧5月22日

紅花の末摘むさまをまのあたり

紅花　夏　堀口星眠

古くから紅色の染料として栽培された紅花。化粧の紅とされ、茎の先端から咲き始める花を摘み取ることから末摘花と呼ばれました。『源氏物語』の鼻の紅い姫君も思い出しますね。紅花の摘み取りを

沙羅の花（滋賀県彦根市）

初めて間近に見た楽しさが伝わってきます。

7月6日　旧5月23日

紅蜀葵わが血の色と見て愛す

紅蜀葵　夏　岡本差知子

真夏に真っ赤な大輪の花を咲かせる紅蜀葵。自分の身に滾る血の色と感じました。病弱な身で、師であり夫であった岡本圭岳を支え続け、その死後「火星」の主宰を継承した差知子の、昭和五十三年、七十歳の作。若い頃よりも力強く情熱的な一句です。

7月7日　旧5月24日　小暑

万緑や死は一弾を以て足る

万緑　夏　上田五千石

見渡す限り、一面の深い緑です。夏の野山は草木が勢いよく伸びて、生命力に溢れています。自然の圧倒的なエネルギー、いっぽうたったひとつの銃弾によって失われる人のいのち。青春句集として名高い、三十五歳の時の第一句集『田園』の一句です。

7月8日　旧5月25日

虎尾草を摘めば誰もが撫でにけり

虎尾草　夏　小島　健

虎のしっぽのような虎尾草。穂状の花序に小さな白い花をたくさんつけて、弓なりに垂れ、先端が少しあがって、可愛らしく揺れています。愛嬌のある姿に、誰でもつい触れたくなってしまいます。

7月9日　旧5月26日

拾ふ子にのうぜんかづらまたこぼれ

のうぜんかずら　夏　村上鞆彦

樹木や塀などに蔓を伸ばし、その先に華やかなオレンジ色の花をいくつも咲かせる凌霄の花。一日花で、咲いた先から次々に散っていきます。椿のようにそのままのかたちで地面に落ちた花の美しさに、思わず駆け寄った子供、そしてまた舞い散る一輪。美しく幸せ

凌霄

な情景です。

7月10日　旧5月27日

変哲もなし鷺草も咲くまでは

鷺草　夏　福永鳴風

切れ込みの入った真っ白な美しい花びら。鷺草は、白鷺が翼を広げて空を舞う姿を思わせる、爽やかな夏の花です。開花するまでゆっくりと時間をかけ、咲いて初めて、その不思議で可憐な姿に驚きます。

7月11日　旧5月28日

ああ今日が百日草の一日目

百日草　夏　櫂　未知子

鷺草（愛媛県松山市）

今日、百日草が咲きました。メキシコ原産の、紅、オレンジ、黄色など華やかな原色のキク科の花で、直射日光や乾燥に強く、七月から九月にかけ、夏の暑い盛りに力強く咲き続けます。ああこれから夏が始まる、という期待、弾んだ気持ちが伝わってきます。

浜木綿（福岡県芦屋町）

7月12日　旧5月29日

緑蔭に憩ふは遠く行かんため

緑蔭　夏　山口波津女

炎天下を逃れて、夏木立の陰、緑蔭でほっと一息ついています。鬱蒼とした暗さを感じさせる「木下闇」とは違って、「緑蔭」には明るさがあります。いまここで休んでいるのは、これからもっと遠くへ歩んでいくため。未来への期待、希望が伝わってきます。

7月13日　旧6月1日

浜木綿は裂けて咲く花潮迅し

浜木綿　夏　中拓夫

海辺に咲く花、浜木綿。ヒガンバナ科の多年草で、白い糸のような花が、神事に使われる白い布、木綿に似ていることからこの名がつきました。真夏の空と真っ青な海が似合う白い花を捉えた、「裂けて咲く花」という表現が新鮮な、すがすがしい一句です。

7月14日　旧6月2日

千万年後の恋人へダリヤ剪る

ダリア　夏　三橋鷹女

メキシコ原産、華やかに咲き誇るダリアは、江戸時代末期にオランダから渡来、天竺牡丹と呼ばれました。その華やかさ、美しさ。千万年後の恋人へ贈るのにふさわしい花なのです。幻想的な生と死、

老いがモチーフとなり始めた第三句集『白骨』所収の一句です。

7月15日　旧6月3日　ぼん

遠き世の如く遠くに蓮の華

蓮の花　夏　山口誓子（やまぐちせいし）

蓮の花が静かに咲いています。この世から遠く離れた世界で咲いているかのようです。仏教では蓮は聖なる花。泥の中から生まれ、美しい花を咲かせる姿が、仏の智慧と慈悲の象徴とされ、阿弥陀如来の住む極楽浄土にふさわしい花とされています。

蓮（福岡県行橋市）

7月16日　旧6月4日

立って歩くことのさみしさ月見草

月見草　夏　酒井弘司（さかいこうじ）

夕闇にほのかに白く、清らかな月見草が咲いています。一夜だけ、美しく幻想的な花を咲かせてその命を終えるのです。地球上の動物たちの中で唯一、立って歩くのは人間だけ。人間だけが感じるさみしさを心に抱え、月見草をみつめます。

7月17日　旧6月5日

籠らばや百日紅（ひゃくじつこう）の散る日まで

百日紅　夏　各務支考（かがみしこう）

その名のとおり、夏から秋にかけて長く鮮やかな紅色などの花を咲かせる百日紅。百日紅（さるすべり）ともいいます。「山庵にこもる」という前書きのある句ですが、秋まで静かに山の庵に籠もっていたいという気持ち、現代人の私たちもよくわかりますね。

百日紅

7月18日　旧6月6日

月下美人力かぎりに更けにけり

月下美人　夏　阿部みどり女（あべみどりじょ）

豊かな香りを放つ純白の花、神秘的な美しさをたたえる月下美人。夜に咲きはじめ、朝にはしぼんでしまう姿は、まさに美人薄命を思わせます。夜が更けて、命果てる時間が無情に近づくなか、精一杯「力かぎりに」咲く月下美人の、鮮烈な美しさをみつめます。

た不満や不安がつのり、つらい時は、ひたすら草むしりして耐えています。平成四年、五十六歳の作。「感情を余り表に出さぬ方だから、つらい時は自室に籠もるか庭に出る」と自註にあります。

7月27日 旧6月15日

刃のごとくグラジオラスの反りにけり

グラジオラス 夏　佐久間慧子

まっすぐに伸びた茎に華やかな花を連なって咲かせるグラジオラス。南アフリカ原産、いかにも夏の花らしい、力強く情熱的な花です。葉の形が似たローマの剣の名からついた名ですが、反りかえったグラジオラスは、まさに力のこもった刃のようでした。

7月28日 旧6月16日

野に咲いて忘れ草とはかなしき名

忘れ草 夏　下村梅子

忘草は、萱草の花の別名。百合に似た橙色の花が、すっくと立ち上がって咲きます。その名の由来は、持っていると憂いを忘れるから、ともいいますが、和歌では、苦しい恋や悲しいこと、忘れたいことへの思いを表すことが多く、あわれに感じられます。

7月29日 旧6月17日

象潟や雨に西施が合歓の花

合歓の花 夏　松尾芭蕉

淡紅の刷毛のような美しい花を開き、夜になると葉を閉じて眠ったように見える合歓の花。『万葉集』にも詠まれています。雨に煙る象潟は、雨に濡れる合歓の花のような哀感があり、それは中国の美女西施が眼を閉じ憂いに沈んでいるような風情を感じさせます。元禄二年（一六八九）六月十七日、「おくのほそ道」の旅の途中、出羽国（秋田県）の名勝、象潟で詠んだ一句です。

飛島萱草（新潟県両津市）

7月30日　旧6月18日

大欅夏まぎれなくわが胸に

夏　夏　高柳克弘（たかやなぎかつひろ）

青空に夏の光がきらめき、豊かな葉を茂らせる欅（けやき）の大木が聳えます。いま確かに、夏の輝きはこの胸にあり、豊かな青春の日々を過ごしているのです。二十代の墓碑として編んだという、清新な第一句集『未踏』の一句です。

7月31日　旧6月19日

朴散華（ほおさんげ）即ちしれぬ行方かな

朴散華　夏　川端茅舎（かわばたぼうしゃ）

花が散り風にとばされどこかへ行ってしまうように、人も死ねばたちまち魂は消え去り、忘れられてしまいます。庭の朴の木を愛した茅舎。散る朴の花と、仏教の法会で紙の花びらを撒く散華を重ねた造語「朴散華」で自らの死後への覚悟を詠み、「朴散華」はこの句により季語となりました。

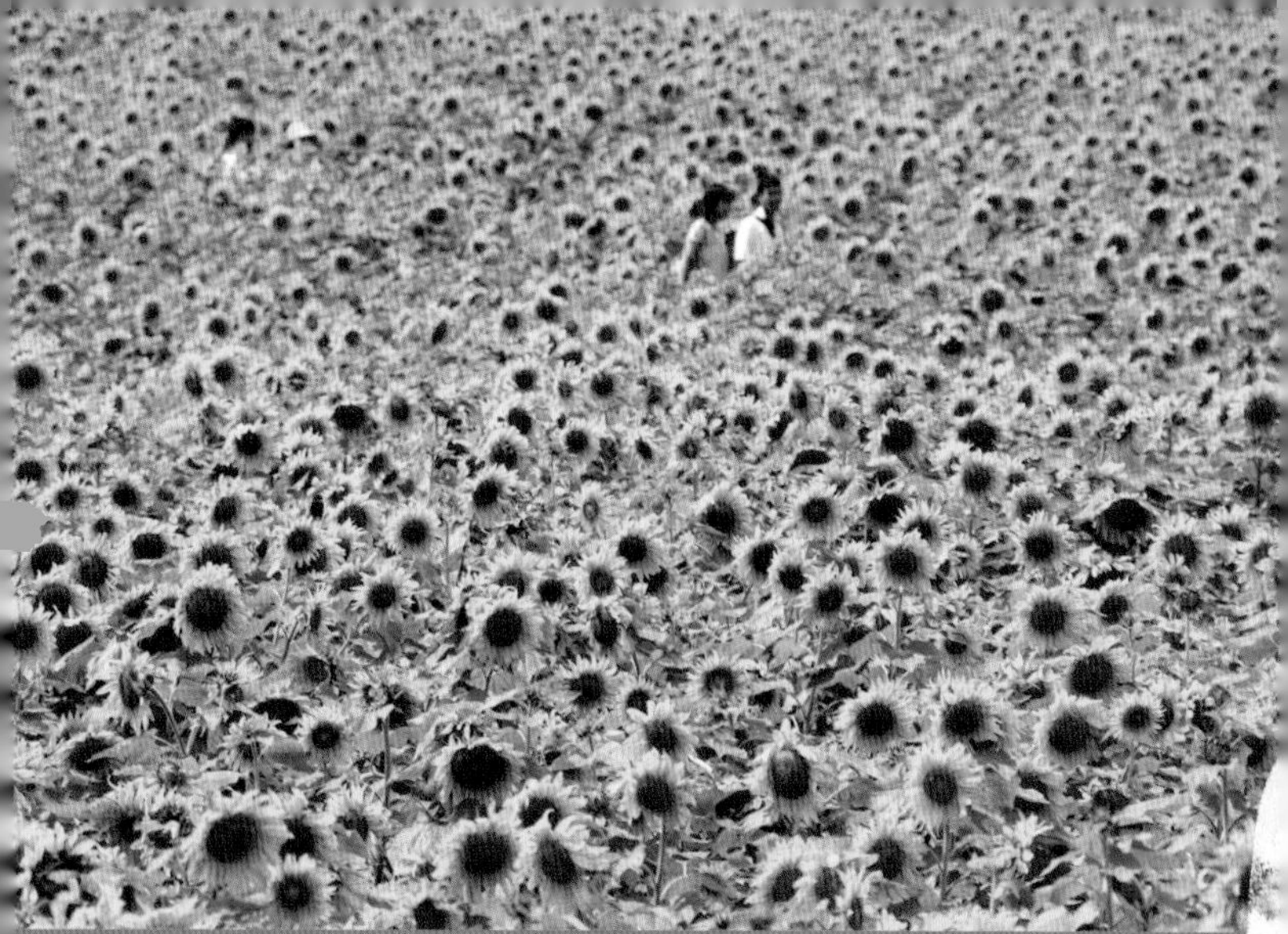

8月【葉月（はづき）・月見月（つきみづき）】

一面の向日葵畑（北海道北竜町）

8月1日 旧6月20日

向日葵や信長の首斬り落とす

向日葵　夏　角川春樹（かどかわはるき）

力強く生命力に溢れる真夏の向日葵と織田信長の首。強く印象に残る、衝撃的な取り合わせの一句です。天才的な知略で天下統一を目指した信長の、華やかで豪華な花の首がぽっきりと折れるような死。「斬り落とす」には作者のどんな思いが込められているのでしょうか。

8月2日 旧6月21日　八十八夜

夕顔の花を数へにいくところ

夕顔　夏　九鬼（くき）あきゑ

睡蓮（福井県越前市）

月下美人

7月19日 旧6月7日

サルビアや砂にしたたる午後の影

サルビア　夏　**津川絵理子**（つがわえりこ）

夏の光に包まれて、燃え立つようにに濃く鮮やかな朱色のサルビアの花が咲いています。午後の光を取り込んだサルビアが、砂地にその影を滴らせます。輝く花の生命。みずみずしい感性から生まれた新鮮な一句です。

四色のサルビア（兵庫県淡路市）

茄子の花（大阪府富田林市）

7月20日 旧6月8日

妻呼ぶに今も愛称茄子の花

茄子の花　夏　辻田克巳

茄子は、薄紫の小さな花を咲かせます。俯いて咲く可憐な茄子の花。夫婦の仲の良さが伝わってくる、微笑ましく楽しい一句です。

花が咲けば必ず実がなることから、茄子の花には「つつましい幸せ」という花言葉があります。

7月21日 旧6月9日

引き返すならこの辺り草いきれ

草いきれ　夏　三木瑞木

夏草の茂る道を歩いています。どんどん歩き続け、ふと気づくと、いつのまにかずいぶん遠い所まで来ていました。強い夏の日差しのもと、草の茂みから、むせかえるような熱気と匂いが立ち上がります。

7月22日 旧6月10日

ねむり草驚いてから眠るなり

ねむり草　夏　加藤かな文

眠草は含羞草ともいい、その葉に触れるとぴたりと閉じ合わさってしまう不思議な植物です。子供の頃、触って遊んだ人も多いでしょう。触れられて葉を閉じるさまを「驚いてから」と捉え、愛らしさを感じさせます。

7月23日 旧6月11日　大暑

夕菅のぽつんぽつんと遠くにも

夕菅　夏　倉田紘文

暮れゆく草原の向こうに、夕菅が咲いています。野の草の中に一

本ずつぽつんぽつんと立つ、黄色の夕菅。可憐ではかなげな姿です。

7月24日　旧6月12日

からすうりの花ゆくゆくは家系絶ゆ

からすうりの花　夏　井上閑子（いのうえかんこ）

烏瓜（からすうり）の花は、白い五弁の花のふちが糸状に裂けて長く伸びて絡まり合い、レースのような、繊細で神秘的な美しさ。夕方咲いて、夜明け前にはしぼみます。無数の細い糸に、家系図や、自分に連なる過去の人びとのさまざまな人生が重なり、やがて絶えてしまう自らの家系を思います。

7月25日　旧6月13日

駒草や蔵王荒膚なすところ

駒草　夏　福永耕二（ふくながこうじ）

高山植物の女王といわれる駒草は、生命力が強く、他の花が生育できない砂礫地帯、荒涼とした場所に、可憐なピンクの花を咲かせます。火山活動による厳しい環境の蔵王。荒々しい岩肌に咲く愛らしい姿に、心がなごみます。

7月26日　旧6月14日

耐ふるとき男も草をむしりけり

草むしり　夏　奈良文夫（ならふみお）

勢いよく伸び、刈っても刈っても生えてくる雑草。仕事で鬱積し

駒草（北アルプス・蓮華岳）

夕方、朝顔に似た白い花を咲かせ、朝にはしぼむ夕顔の花。『源氏物語』ではかない最期をとげた姫君、夕顔の面影も重なります。今日はいくつ咲いたのでしょうか。美しいまぼろしのような白い花を、そっと数えに行きます。

8月3日 旧6月22日 憲法記念日

睡蓮をわたり了せて蝶高く

睡蓮　夏　高浜年尾

池に咲く美しい睡蓮の上すれすれに蝶が飛んでいきます。池を渡り終えると、空高く舞い上がっていきました。古くから人びとに愛された睡蓮。古代エジプトでは太陽の象徴でした。アジアでは蓮とともに仏教文化の重要な花とされています。

8月4日 旧6月23日

拝まれて神になる石ちんぐるま

ちんぐるま　夏　樅山尋

古くから人びとが手を合わせ、いつしか信仰の対象となった石でしょうか。愛らしいちんぐるまの花が、そっと寄り添うように咲いています。ちんぐるまは、駒草とともに人気のある高山植物。地面に這うように、小さな白い花が群れ咲きます。

ちんぐるまの群落（長野県・蓮華岳）

8月5日　旧6月24日

茉莉花（まつりか）を拾ひたる手もまた匂ふ

茉莉花　夏　加藤楸邨（かとうしゅうそん）

茉莉花はジャスミンの一種。強い芳香があり、「香りの王様」とも呼ばれて香水やジャスミン茶の原料にも使われています。地に落ちた純白の小さな花を拾うと、その手にもまた甘く優しい香りが残りました。

8月6日　旧6月25日

滾（たぎ）るものあり日盛りの祷りの木

日盛り　夏　橋爪鶴麿（はしづめつるまろ）

日盛りに立つ一本の木、心にわきあがるあつい思い。この句がタ

茉莉花

イトルとなった句集『祷りの木』のあとがきに、広島への原爆投下への思いが福島の原発事故への思いと重なり、「深い鎮魂の情と、自然・人間への畏怖と哀しみの念に満ちた一本の木に擬した」とあります。

8月7日 旧6月26日 立秋

淋しさの蚊帳吊草を割きにけり

蚊帳吊草 夏 富安風生

もの寂しい気持ちから、道端の蚊帳吊草にふと手が伸び、子供の頃のように裂いてみます。線香花火が火花を散らしたような蚊帳吊草。子供が茎を裂き、蚊帳を吊ったような形にして遊んだことから、この名がつきました。

8月8日 旧6月27日

爪紅の種を飛ばしにふるさとへ

爪紅 秋 中嶋鬼谷

昔、赤い花の汁で爪を染めたところから、爪紅ともいう可憐な鳳仙花。黒く熟した実に触れると、種が勢いよくはじけ飛びます。よく種をとばして遊んだ、幸せな子供時代の思い出が蘇ります。なつかしい花、故郷につながる花です。

8月9日 旧6月28日

逃ぐる子を臭木の花に挟みうち

臭木の花 夏 波多野爽波

子供と追いかけっこをして、白い小花が群がり咲く臭木の前へ追い詰めます。臭木は日当たりのよい場所に自生する中低木。葉に悪臭のあることからこの名がついたのですが、花は良い香りがします。

8月10日 旧6月29日

松虫草のゆればらばらに止まりけり

松虫草 秋 早野和子

初秋の高原を彩るさわやかな松虫草。美しい薄紫の花が優しく風に揺れています。散らばって咲く花の揺れが少しずつずれて止まっていくさまが、秋らしい風情を感じさせました。松虫の鳴く頃に咲くのが名の由来ともいわれます。

松虫草（新潟県金井町）

8月11日 旧7月1日　山の日

弟切草歩けば思ひやさしかり

弟切草　秋　宮坂静生

弟切草は切り傷や神経痛を癒す薬草として知られ、鷹匠の兄弟の兄が、秘密にしていた鷹治療のためのこの草の薬効を他人に教えたことに腹をたて、弟を切り殺してしまったという言い伝えから名がつきました。物騒な名ですが、山野に咲く黄色い小さな花は愛らしく、心なごみます。

8月12日 旧7月2日

ほほづきのぽつんと赤くなりにけり

ほおずき　秋　今井杏太郎

なつかしく、心にほんのりと明るさを灯してくれる愛らしい鬼灯。けれど緑のなかに、ひとつだけ赤く色づいた鬼灯は、どこか寂しげでした。不思議な形の鬼灯は、花の後の実。古くから薬草として煎じて飲まれました。

8月13日 旧7月3日

水引の耳搔ほどの花弁かな

水引の花　秋　大橋敦子

細長い花茎に赤い花を穂のようにつける水引の、小さな小さな花びら。「耳搔ほど」とは言い得て妙ですね。日陰に咲いてあまり目立たず、雑草として扱われることも多いのですが、野趣に富んだ姿

鬼灯

が愛され、生け花や茶道の茶花にも好んで使われます。

8月14日 旧7月4日

病める手の爪美くしや秋海棠（しゅうかいどう）

杉田久女（すぎたひさじょ）

秋海棠 秋

病気で伏せって、水仕事をしていない女性の、透き通るように白い手の爪の美しさ。俯くように、ひそやかに咲く薄紅色の秋海棠の優しさ、あでやかさと響き合います。秋海棠は中国原産で、江戸時代に渡来しました。

8月15日 旧7月5日　月遅れ盆

なれゆゑにこの世よかりし盆の花

盆の花　秋　森(もり)澄雄(すみお)

あなたがいたからこそ、この世は素晴らしかった。深くせつない思いが胸に響きます。病弱な自分を支え続け、ある日突然この世を去った最愛の妻。その一年後の新盆に作られた一句です。「『はなはみないのちのかてとなりにけりアキ子』とともに墓碑銘となす」と前書きにあります。

8月16日 旧7月6日

朝顔に釣瓶(つるべ)とられてもらひ水

朝顔　秋　加賀千代女(かがのちよじょ)

江戸時代中期の女性俳人、千代女の代表作のひとつ。正岡子規は「人口に膾炙(かいしゃ)する句なれど俗気多くして俳句といふべからず」とばっさり切り捨て、現代の評価も辛口ですが、この句は当時から広く人気を博しました。

8月17日 旧7月7日

男老いて男を愛す葛の花

葛の花　秋　永田耕衣(ながたこうい)

同性愛者であった釈迢空(しゃくちょうくう)の代表歌のひとつ「葛の花踏みしだかれて色あたらしこの山道を行きし人あり」の連想からの句でしょうか。優しい紫の花ですが、山野の荒れ地にも縦横に蔓を伸ばして地を覆う葛からは、絡め取るような愛執の深さを感じます。

8月18日 旧7月8日

カンナ咲くたまにマニキュアして愉快

カンナ　秋　髙勢祥子(たかせさちこ)

あっけらかんと「愉快」と言い切った素直で楽しい一句です。マニキュアの鮮やかな色とつるつるの質感、カンナの花の輝きと華やかさが響きあいます。強い光のなかに咲く、赤や黄色の原色のカンナ。熱帯原産で、明治時代に日本に渡来しました。

秋海棠（大阪府河内長野市・岩湧寺）

カンナ

8月19日　旧7月9日

蜩（ひぐらし）や百年松のままでゐる

蜩　秋　中尾寿美子（なかおすみこ）

「存分に老いて蓬（よもぎ）に変身す」「もう鳥になれず芒のままでゐる」など、「変身」をモチーフにした句を数多く残した寿美子。百年、松として存在し続ける松の木を、自分の身に重ね合わせているのでしょうか。カナカナカナカナと美しく淋しい蜩の声が響きます。

8月20日　旧7月10日

生まれ出て泡立草（あわだちそう）にまぎれけり

泡立草　秋　柿本多映（かきもとたえ）

秋の野に、黄色い小さな花が泡立つように咲く泡立草。そのなかに生え出た目立たない草に、心がそっと寄り添います。泡立草は秋の麒麟草（きりんそう）ともいいます。繁殖力が強く身近な川原や野原でよく目にする背高泡立草は、北米原産の別の種です。

8月21日　旧7月11日

赤のまま記憶の道もここらまで

赤のまま　秋　下村（しもむら）ひろし

「赤のまま」と聞くだけで、やさしくなつかしい思いが胸に満ちてきますね。犬蓼（いぬたで）のことですが、穂いっぱいについた粒のような赤い小花を赤飯にみたてて、ままごと遊びをしたことからついた名です。

幼い頃の思い出につながる道を、久しぶりに歩きます。

犬蓼

8月22日　旧7月12日

女（おみな）の香放ちてその名をみなへし

おみなえし　秋　稲垣（いながき）きくの

黄色い小さな花をたくさん咲かせる、つつましげで優しい女郎花（おみなえし）。風にゆらめくやわらかな姿が目に浮かびます。しっとりとはかなげですが強い生命力を持ち、古くから日本人に愛されてきた、秋の七草のひとつ。『枕草子』『万葉集』などにも登場します。

8月23日　旧7月13日　処暑

そこだけが光りてをりぬ蕎麦の花

蕎麦の花　秋　加藤瑠璃子（かとうるりこ）

白く可憐な蕎麦の花。ひとつひとつは小さな花ですが、一面、真っ白に花を咲かせた蕎麦畑は、秋空に映えてとてもきれいです。光り輝いた一点の鮮やかさ、きらめきが、強く胸に迫ってきました。

女郎花（熊本県高森町）

8月24日 旧7月14日

呪ふ人は好きな人なり紅芙蓉

紅芙蓉　秋　長谷川（はせがわ）かな女（じょ）

好きだからこそ呪わしく思う。人間の心の底に潜む気持ちをはっきりと言い切りました。優雅でどこかに魔を秘めた紅芙蓉の、薄い大きな花びらがやわらかく揺れています。杉田久女の「虚子ぎらひかな女嫌ひのひとへ帯」（昭和十二年）への返句として伝説化していますが、大正九年の作品です。

8月25日 旧7月15日

みぞそばの信濃の水の香なりけり

みぞそば　秋　草間時彦（くさまときひこ）

信濃の水辺に群れ咲く溝蕎麦（みぞそば）の花。清らかな信濃の水の香りがしました。秋の爽やかな空気、澄んだ水の美しさも伝わってきます。よく見ると小さな花の集まりが金平糖のよう、花びらの先がほんのり紅色の可憐な花です。

8月26日 旧7月16日

一日を今生として底紅（そこべに）も

底紅　秋　後藤比奈夫（ごとうひなお）

底紅は、真っ白で底部が赤い木槿（むくげ）の花。木槿は、朝咲いて夕方しぼむ一日花です。この世に生まれ出てわずか一日の命を美しく輝かせるこの花のように、自分も今日一日を大切に生きたいと願っています。

8月27日 旧7月17日

子の摘める秋七草の茎短か

秋七草　秋　星野立子（ほしのたつこ）

幼い子供が秋の七草を一生懸命摘んで来て、母に差し出します。小さな手で摘んだ茎の短い秋草をほほえんで受けとる母。愛情の伝わる一句です。秋の七草は萩、芒、葛の花、撫子、女郎花、藤袴、桔梗。『万葉集』の山上憶良（やまのうえのおくら）の歌「萩の花尾花葛花瞿麦（なでしこ）の花女郎花藤袴朝貌（あさがお）（今の桔梗のこと）の花」に由来します。

8月28日　旧7月18日

老人の多くは女性蓼（たで）の花

蓼の花　秋　池田澄子（いけだすみこ）

言われてみると、なるほどそうだと納得してしまう、意表をついた句です。日本人の平均寿命は、女性のほうが六歳以上長いのですから。長生きの女性たちに、畑や道端などどこにでも咲いていた、身近でなつかしい蓼の花が寄り添います。

8月29日　旧7月19日

おしろいが咲いて子供が育つ路地

おしろい　秋　菖蒲（しょうぶ）あや

白粉花（おしろいばな）は、夕方近くに、赤、白、黄色と色とりどりの小さな花を咲かせます。白粉花の咲き始めた路地では、学校から帰ってきた子供たちが、元気いっぱいに走り回っています。子供の声の響く、活気に満ちた路地。幸せな時間です。

白粉花（大阪市岬町）

8月30日　旧7月20日

桐一葉落ちて心に横たはる

桐一葉　秋　渡辺白泉（わたなべはくせん）

「桐一葉」とは、舞い落ちる一枚の桐の葉に秋の訪れを感じること。

中国の古典『准南子』の「一葉落ちて天下の秋を知る」という言葉から生まれた季語です。かさりと音を立てて落ちた大きな桐の葉がそのまま心の底に横たわり、離れません。寂しさに包まれます。

8月31日　旧7月21日

ふつくりと桔梗のつぼみ角五つ

桔梗　秋　川崎展宏

秋の野に凜とした紫の花を咲かせ、古くから愛されてきた桔梗は、その蕾も魅力的です。五角形の鋭角を持ち、風船のようにふくらみながら、ぴったりと閉じている桔梗の蕾。「ふつくりと」から、いまにも花開きそうな愛らしさが伝わってきます。

桔梗（広島県庄原市）

9月 【長月（ながつき）・菊月（きくづき）】

曼珠沙華（奈良県明日香村）

9月1日 旧7月22日 二百十日

鶏頭の十四五本もありぬべし

鶏頭 秋 正岡子規（まさおかしき）

「ぬべし」は「に違いない」。鶏頭が十四五本あるに違いない、というほどの意味で、病床の子規が庭の鶏頭を詠んだ句とされます。鶏頭の無骨な生命力を摑み取り、ものの本質を捉えた句と評価される一方、「鶏頭論争」が起こるなど賛否の分かれる句です。虚子は黙殺、斎藤茂吉は激賞しました。

9月2日 旧7月23日

断崖をもつて果てたる花野かな

花野 秋 片山由美子（かたやまゆみこ）

秋の草々が咲き乱れる花野。ひとつひとつはつつましいけれど、色とりどりの花が咲く優しく美しい花野が、突然、断崖で断ち切られます。目の前の風景から現実の向こうの世界を感じさせ、心にしみわたる一句です。

9月3日 旧7月24日

抱き起こされて妻のぬくもり蘭の紅

蘭 秋 折笠美秋（おりかさびしゅう）

筋萎縮性側索硬化症で全身不随となりながら俳句を詠みつづけ、志高く生き抜いた折笠美秋。夫人は、わずかに動く目と口の動きを読み取り、句を書き取りました。妻の腕の温もりと響き合う、蘭の美しい紅色。妻へ深い思いがこめられた一句です。

9月4日 旧7月25日

慟哭のすべてを蛍草（ほたるぐさ）といふ

蛍草 秋 清水径子（しみずけいこ）

蛍草は露草（つゆくさ）の別名です。慟哭という強い言葉の持つ悲しみを、可憐な蛍草がやや明るい印象にしています。若くして肉親を失った寂しさが清水径子の作句の原点ですが、その句はしだいに軽やかに変化していきました。平成五年、八十二歳の作です。

オリーブ

9月5日 旧7月26日

紫苑にはいつも風あり遠く見て

紫苑　秋　山口青邨（やまぐちせいそん）

野菊に似た薄紫の花を優しく咲かせる紫苑。ほかの草に抜きんでて高く咲き、風に優しく揺らいでいます。薬草として中国から渡来、平安時代からその美しく可憐な花が愛されてきました。『今昔物語』『源氏物語』などにも登場します。

9月6日 旧7月27日

オリーブの葉に新涼の風きらり

新涼　秋　上野貴子（うえのたかこ）

秋になり暑さも衰え、新鮮な涼気が心地よく感じられます。つややかなオリーブの葉を涼しげな風が揺らし、陽光がきらめきます。太陽の樹とよばれ、古代から地中海沿岸で栽培され、豊かな恵みをもたらしたオリーブ。日本に伝わったのは幕末といわれます。

9月7日 旧7月28日

かくれ住む門に目立つや葉鶏頭

葉鶏頭　秋　永井荷風（ながいかふう）

秋の深まりとともに色が冴えていく赤く華やかな葉が美しい葉鶏頭。雁の渡って来る頃に色づくので雁来紅（がんらいこう）ともいい、古名を「かまつか」といいます。ひっそりと隠れ住む家には、人目をひきすぎる

華やかさです。

9月8日　旧7月29日　白露

空へゆく階段のなし稲の花

稲の花　秋　田中裕明（たなかひろあき）

綿毛のように頼りない稲の花が、微風にやさしく揺れています。午前中の数時間だけ開花し受粉、やがて実りへ向かう命の営みです。青空を仰ぎ、思いは遥かな天上の世界へ向かいます。白血病を発症、四十五歳で亡くなった裕明。急逝により遺句集となった『夜の客人』の一句です。

9月9日　旧7月30日　重陽

重陽（ちょうよう）の菊と遊べる子どもかな

重陽　秋　日原傳（ひはらつたえ）

今日は、五節句のひとつ、重陽。旧暦九月九日の節供です。菊の節供ともいい、菊を飾り、菊酒、菊湯など、菊を用いて厄払いや長寿祈願をします。美しく咲く菊に囲まれ遊ぶ子供を、元気な成長を願いつつ、微笑ましくみつめます。

9月10日　旧8月1日

死ぬときは箸置くやうに草の花

草の花　秋　小川軽舟（おがわけいしゅう）

この世を去るときは、食事を終えて、ごちそうさまと手を合わせ、満足して箸を置くように、穏やかな気持ちでいきたいと願います。名も知られず、ひそやかに咲く野の花のような、つつましく幸せな人生を送ったあとに。

9月11日　旧8月2日

紫の斑（ふ）の賑しや杜鵑草（ほととぎす）

杜鵑草　秋　轡田進（くつわだすすむ）

杜鵑草の名は、花びらの薄紫の斑点が、時鳥（ほととぎす）の胸にある斑点に似ていることからつきました。百合に似た小さな花を咲かせる、ひっそりとした佇まいの山野草ですが、よく見ると、美しいとも毒々しいとも言える印象的な斑点が賑やかです。

9月12日 旧8月3日 ●

野に摘めば野の色なりし濃りんだう

りんどう　秋　稲畑汀子

よく晴れてさわやかな秋の一日、

杜鵑草（大阪府）

竜胆（長野・群馬県境の高峰高原）

野を歩き、緑のなかにみつけた、きれいな濃い青紫の竜胆。いかにも秋の野の花らしい色、山野草らしい自然な美しさです。竜胆の名は、根を食べると苦みが強く、竜の胆のようだということからつきました。

9月13日 旧8月4日

ゐのこづち淋しきときは歩くなり

いのこずち　秋　西嶋あさ子

草むらを歩くと服にくっついて来る牛膝。人や動物に種を運んでもらう、通称「ひっつき虫」と呼ばれる植物のひとつです。秋草が茂る道を、牛膝がくっついてもお構いなしに、とにかくひたすら歩き続けます。そうして淋しさを振り払うのです。

9月14日 旧8月5日

野の秋へ鈴ふるやうに花の咲き

秋　秋　岩津厚子

秋の野に、美しく澄んだ鈴の音が響いていくように、可憐な草花が咲き満ちていきます。「鈴ふるやうに」から、秋草の可憐ではかなげな美しさ、清らかさが伝わる一句です。

9月15日 旧8月6日

あきくさをごつたにつかね供へけり

あきくさ　秋　久保田万太郎

昭和十八年作、「友田恭助七回忌」の前書きがあります。「ごった」は乱雑な様子。「つかね」は束ねる、たばねること。ともに文学座を結成するはずだった盟友の七回忌に、あえて乱雑に混ぜ合わせて供えた秋草。「ごったに」に親愛の情が溢れています。

9月16日 旧8月7日

コスモスのまだ触れ合はぬ花の数

コスモス　秋　石田勝彦

満開になれば、風に揺れ、波打つように揺れ交わすコスモス畑。「まだ触れ合はぬ」から、コスモスがほつほつと咲き始めたばかりの情景が浮かんできます。まだ花

コスモス（長野県佐久市）

が少ないな、というさりげない思いが、確かな観察眼から一句になりました。

9月17日　旧8月8日

露人ワシコフ叫びて石榴打ち落とす

石榴　秋　西東三鬼

神戸の洋館に住む三鬼の隣人、日本人の妻を亡くし独り暮らしのワシコフ氏が、異様な叫びとともに石榴を叩き落としています。やるせない思いを石榴にぶつけているのでしょうか。人間の根源的な寂しさが伝わってくるような、不思議で、心に残る作品です。

9月18日　旧8月9日

葡萄一粒一粒の弾力と雲

葡萄　秋　富沢赤黄男

いまにもはちきれそうに成長した、生命力溢れる葡萄の一粒一粒が輝いています。収穫を待つ葡萄の向こう、澄んだ空に浮かぶ白い

葡萄

雲。景が大きく広がります。新興俳句の担い手のひとり、詩としての俳句表現を追求した赤黄男の第二句集『蛇の笛』の一句です。

9月19日 旧8月10日

よく笑ふ豨簽（めなもみ）つけし女たち

豨簽　秋　宮下翠舟（みやしたすいしゅう）

野を歩くと、いつのまにか服にくっついてくる豨簽。同じ「引っつき虫」の葈耳（おなもみ）と比べ、やわらかく優しい姿です。「ほらまた」と笑い合いながら歩く女性たち、仲間の楽しい空気が伝わってきます。

9月20日 旧8月11日　彼岸入り

踞（かが）み見るものに南蛮煙管（なんばんぎせる）かな

南蛮煙管　秋　山崎（やまざき）ひさを

芒などの根本に、ややうつむき加減に咲く南蛮煙管。根に寄生しているのです。かがまなくてはじっくり見ることができませんね。南蛮人（外国人）のパイプに似た形からついた名で、草の陰でつつましくもの思いにひたる姿に見立て、思草（おもいぐさ）の名もあります。

9月21日 旧8月12日

野菊まで行くに四五人斃（たお）れけり

野菊　秋　河原枇杷男（かわはらびわお）

美しい野菊の咲く所まで行くのに、四、五人が倒れて死んでしまったことよ。古来、美の世界や桃源郷を訪ね求め、志半ばで斃（たお）れていった人びとの思いを重ね、句の世界は、日常の現実的な世界から、象徴的な世界へ飛翔します。作者の代表作のひとつです。

南蛮煙管（三重県名張市）

野菊（神奈川県相模原市）

9月22日 旧8月13日

いつ果つる人と並びて烏頭

烏頭　秋　齋藤玄

遺句集『無畔』の一句です。いつ命が果てるかわからない自分と烏頭という花一輪がそれぞれの生を生き、静かに並んでいます。烏頭は、鳥兜とも書きます。根をはじめ全草に猛毒がありますが、美しい紫の花です。

9月23日 旧8月14日　秋分の日

ひとたびは夫帰り来よ曼珠沙華

曼珠沙華　秋　石田あき子

「入院、長期に及べば」の前書きがある、昭和四十四年の作。肺結核で入退院を繰り返した夫、石田波郷はもう退院不可能、この年の十一月に亡くなります。一度だけでも家に帰ってほしいという妻の

烏頭（山梨県南アルプス市北岳）

せつせつたる思いが伝わります。彼岸花とよばれ、死を連想させる曼珠沙華が悲しみを誘います。

9月24日 旧8月15日 十五夜

けふの月長いすすきを活けにけり
きょうの月・すすき 秋 阿波野青畝

今日は仲秋の名月。月見団子や里芋を供え、ひときわ長い芒を活けました。昔は月の満ち欠けによって暦が作られ、人びとの生活や農作業と密接につながっていました。収穫に感謝し、稲穂に見立てた芒を、魔除けの意味も込めて飾ったといわれます。

芒（高知市）

風船葛

9月

9月25日 旧8月16日

風の吹くままの風船葛かな

風船葛　秋　飴山實

紙風船のようにふくらんだ緑の実が可愛らしい風船葛。いくつもぶら下がって揺れるさまは、明るくどこかユーモラスです。風に吹かれるままに揺れて、みずからそれを楽しんでいるようです。

9月26日 旧8月17日

秋薔薇や彩を尽して艶ならず

秋薔薇　秋　松根東洋城

薔薇の見頃は初夏と秋です。夏の光に輝く薔薇は華やかでゴージャス。秋薔薇は、花は小ぶりですが香りが高く、色がとても美しく鮮やかです。なまめかしさはありませんが、落ち着いた雰囲気で、秋の静けさが似合います。

9月27日 旧8月18日

柳散る銀座に行けば逢へる顔

柳散る　秋　五所平之助

秋風に柳の舞い散る頃。なんだか人恋しくなりました。こんなとき銀座のいつもの店へ行けば、誰かしら飲み仲間が顔を出しているはず。かつて流行歌に歌われた銀座名物の柳も、ほろほろと散っています。映画監督の平之助は「春燈」同人としても知られました。

毎日新聞出版　愛読者カード

本書のタイトル「　　　　　　　　　　　　　　　　　　　」

●この本を何でお知りになりましたか。

1. 書店店頭で　　　　2. ネット書店で

3. 広告を見て（新聞／雑誌名　　　　　　　　　　　　　　）

4. 書評を見て（新聞／雑誌名　　　　　　　　　　　　　　）

5. 人にすすめられて　　6. テレビ／ラジオで（　　　　　　　　）

7. その他（　　　　　　　　　　　　　　　　　　　　　　）

●どこでご購入されましたか。

●ご感想・ご意見など。

上記のご感想・ご意見を宣伝に使わせてくださいますか？

1. 可　　　　2. 不可　　　　3. 匿名なら可

職業	性別 男　女	年齢 歳	ご協力、ありがとうございました

郵便はがき

料金受取人払郵便

麹町局
承認

1763

差出有効期間
2022年1月31日
まで

切手はいりません

102-8790

209

（受取人）
東京都千代田区
九段南 1-6-17

毎日新聞出版

営業本部　営業部行

ふりがな	
お名前	
郵便番号	
ご住所	
電話番号	(　　　　)
メールアドレス	

ご購入いただきありがとうございます。

必要事項をご記入のうえ、ご投函ください。皆様からお預かりした個人情報は、小社の今後の出版活動の参考にさせていただきます。それ以外の目的で利用することはありません。

9月28日 旧8月19日

極楽へ蓮の実飛んでしまひけり

蓮の実飛ぶ　秋　星野麥丘人（ほしのばくきゅうじん）

夏に美しい花を咲かせた蓮は、花が終わると、蜂の巣のような花托に実をいっぱいつけます。やがて水中にこぼれ落ちますが、そのさまが「蓮の実飛ぶ」という季語になっています。蓮の実から、蓮の花が咲くという極楽へ思いを馳せます。

9月29日 旧8月20日

一口で飲みたる水や竹の春

竹の春　秋　星野高士（ほしのたかし）

青々と若葉を茂らせ、生命力に

蓮の実

秋薔薇（山形県村山市）

溢れた竹林。筍の生える四月から五月には栄養分を奪われて衰え、秋になると勢いを取り戻すのです。これを竹の春といいます。みずみずしい青々とした葉に囲まれ、新鮮な水を勢いよく一口で飲みほします。

9月30日　旧8月21日

萩の風何か急かるる何ならむ

萩　秋　水原秋桜子（みずはらしゅうおうし）

細い枝ごとしなやかに風に揺れる萩。何かに追い立てられるように心は泡立ちます。昭和二十五年の作。やわらかな表現で、還暦を翌年に控えた秋桜子の静かな焦燥感が詠まれています。萩は『万葉集』に詠まれた花では一番多く、もっとも愛されてきた花のひとつです。

萩（滋賀県長浜市）

10月【神無月（かんなづき）・神在月（かみありづき）】

榛名山を背景に咲くコスモス（群馬県高崎市・鼻高展望花の丘（はなだかてんぼうはなのおか））

10月1日 旧8月22日

をりとりてはらりとおもきすすきかな

すすき 秋 飯田蛇笏（いいだだこつ）

軽々と風にそよぐ芒。しかし折りとると豊かな穂がはらりと乱れ、思いがけない重みをずしりと掌に感じました。軽さを表す擬態語「はらりと」に「おもき」と続けた絶妙な措辞が、驚きと感動を伝えます。

10月2日 旧8月23日

サロマ湖の幾まばたきに珊瑚草（さんごそう）

珊瑚草 秋 木村敏男（きむらとしお）

北海道、オホーツク海沿岸のサロマ湖や能取（のとろ）湖畔の湿地帯に群生する珊瑚草。厚岸草（あっけしそう）とも言います。秋になると美しく色づき、赤い絨毯のようです。サロマ湖に立つ波に呼応するように、珊瑚草もやさしくきらめきます。

10月3日 旧8月24日

里古りて柿の木持たぬ家もなし

柿 秋 松尾芭蕉（まつおばしょう）

年月を重ねたこの地ではどの家も柿の木が豊かに実をつけています。故郷、伊賀上野の望翠亭（ぼうすいてい）への挨拶吟です。昔日本の農家の庭にはきまって柿の木がありました。山里や庭先に赤く色づく柿の木、日本の秋の原風景です。

珊瑚草（北海道能取湖）

10月4日 旧8月25日

寂しいと言い私を蔦にせよ

蔦　秋　神野紗希

寂しいと言ってくれれば、私は蔦になってあなたに絡まりつき、その寂しさを包み込み、やさしく抱きしめてあげるのに。俳句甲子園で活躍した作者の、高校二年、十七歳の時の青春の一句です。

10月5日 旧8月26日

吾亦紅わがために咲く花と思ふ

吾亦紅　秋　岡本差知子

秋の野にひっそりと咲く小さな花に心が引き寄せられます。地味で華やかさはないけれど、やさしく揺れる吾亦紅。師の岡本圭岳と結婚し支え続けた差知子が自らの人生を重ね合わせた、第一句集『花筐』所収の一句です。

吾亦紅

10月6日 旧8月27日

見えさうな金木犀の香なりけり

金木犀　秋　津川絵理子

どこからか、甘い香りが漂ってきました。金木犀です。花より先に香りで存在を感じる金木犀、そのくっきりとした存在感のある香りを、「見えさうな」と視覚で表現し、見事に言いとめました。

10月7日 旧8月28日

辣韮の花のさざなみ空にたつ

辣韮の花　秋　石原八束

立ち上がった茎の先に、可憐な紅紫色の小花を半球状にたくさんつける辣韮。やや俯きがちに垂れ

辣韮の花（鳥取市）

て咲きます。畑に一面に広がる辣韮の花が、空に向かって、さざ波のようにやさしく揺れています。

10月8日 旧8月29日 寒露

どつさりと菊着せられて切腹す

菊（菊人形） 秋 仙田洋子（せんだようこ）

今にも切腹しようとしている菊人形。色とりどりの美しい菊をまとった華やかな姿です。等身大の人形の衣装を菊の花で作った菊人形は江戸時代末期に生まれ、明治時代に見世物として流行、全国に広がりました。

10月9日 旧9月1日

空は太初（たいしょ）の青さ妻より林檎うく

林檎 秋 中村草田男（なかむらくさたお）

昭和二十一年の作。戦争は終わり暗雲が晴れて、空はまさに太初の青さを取り戻しました。聖書のアダムとイブのように、妻から林檎を受けとります。戦後の窮乏生活の中で、新しい息吹に満ちた世界を詠いあげました。

10月10日 旧9月2日

イエスよりマリアは若し草の絮（わた）

草の絮 秋 大木（おおき）あまり

確かに絵や彫刻ではイエスよりも母マリアのほうが若いのは不思

議ですね。イエスをその身に宿した永遠の乙女マリア。新しい生命の源である金色の草の絮が、風に乗ってどこまでも自由に飛んでいきます。

10月11日 旧9月3日 ●

葭(あし)の丈抱きよせては刈るといふ

葭刈（蘆刈） 秋 飯島晴子(いいじまはるこ)

蘆・葭・葦・芦ともに「あし」「よし」といいます。屋根を葺いたり葭簀(よしず)を作るため水辺の枯れ蘆を刈り取る蘆刈。丈の高い蘆を刈るのは重労働ですが、やさしく抱きよせて刈るという意外性から一句が生まれました。

葭

10月

10月12日 旧9月4日

草の実の扁平に又三角に

草の実 秋 河野静雲（こうのせいうん）

秋に実る、いろいろな秋草の実を総称して草の実といいます。弾け飛んだり、人や動物にくっついたり、風に乗って移動したり、生き抜く方法はさまざま。三角や扁平など形もいろいろあって可愛いですね。

10月13日 旧9月5日

夕風や皀角子（さいかち）の実を吹き鳴らす

皀角子の実 秋 石井露月（いしいろげつ）

ねじれてゆがんだ大きな褐色の莢（さや）がたくさん木にぶら下がっています。皀角子の実です。夕暮の風に揺れて触れあい、寂しい音を響かせます。この莢を水につけて揉むと泡が出て、昔は石鹸の代わりに使われました。

10月14日 旧9月6日

この樹登らば鬼女となるべし夕紅葉

夕紅葉 秋 三橋鷹女（みつはしたかじょ）

夕日に映える紅葉の美しさ、もしこの樹に登ったら私は鬼女になってしまうに違いありません。頭上の紅葉の美しく幻想的な世界。日常から非日常へと引きずりこまれるような、美しさと怖さを秘めた作品です。

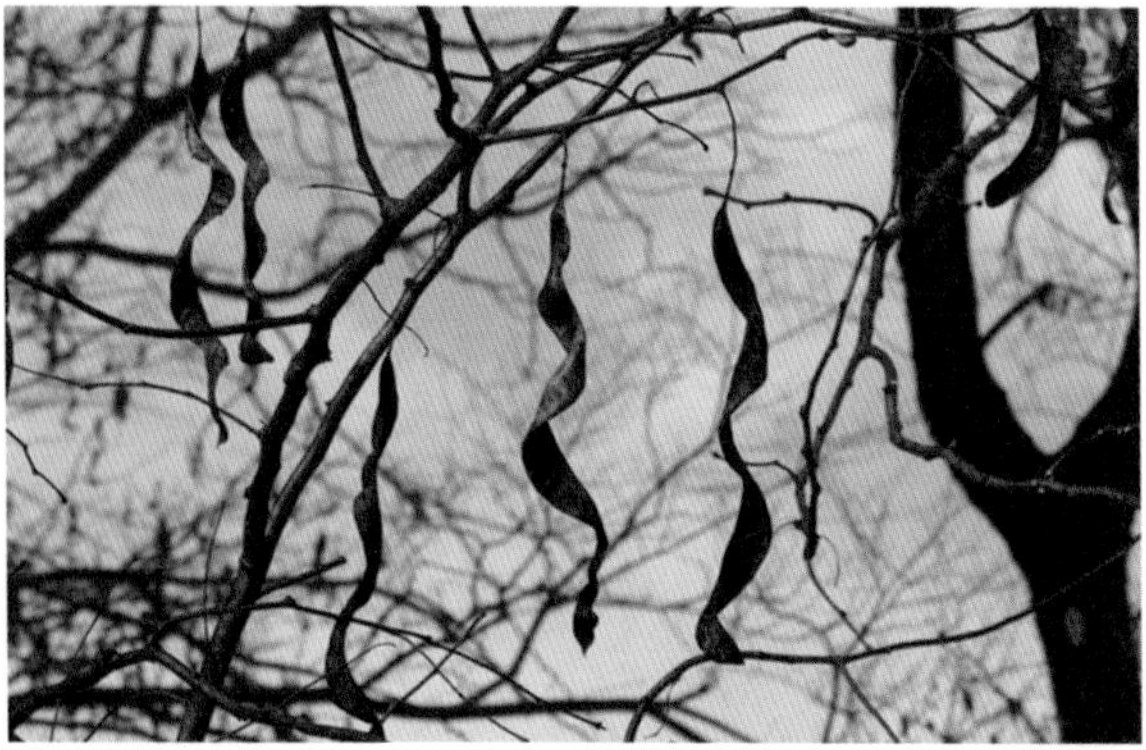

皀角子の実

夕紅葉（新潟県柏崎市松雲山荘）

10月15日　旧9月7日

よろこべばしきりに落つる木の実かな

木の実　秋　富安風生

音をたてて木の実が落ち、子供たちが喜んで拾います。子供でなくてもなんだか楽しく心が弾みます。人が喜ぶと木々もそれを感じとり、応えるようにしきりに木の実を降らせるという、楽しくあたたかい一句です。

10月16日　旧9月8日

黄菊白菊その外の名はなくもがな

黄菊・白菊　秋　服部嵐雪

色とりどりの菊の中でも黄菊と白菊がよく、それ以外の色はなくてもよい。「百菊を揃へけるに」と前書きのある一句。様々な形や色の菊が生み出された江戸時代、昔ながらの黄菊と白菊の美しさを詠んだ嵐雪の代表作です。

烏瓜

10月17日　旧9月9日

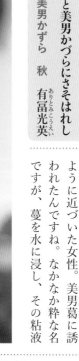

うかうかと美男かづらにさそはれし

美男かずら　秋　有富光英（ありとみこうえい）

可愛い赤い実に吸い寄せられるように近づいた女性。美男葛（びなんかずら）に誘われたんですね。なかなか粋な名ですが、蔓を水に浸し、その粘液を髪につけて整髪料としたことから名付けられた名で、実葛（さねかずら）ともいいます。

10月18日　旧9月10日

あっそれはわたしのいのち烏瓜（からすうり）

烏瓜　秋　正木ゆう子（まさきゆうこ）

藪の中、真っ赤な烏瓜の実がぶら下がっています。枯れかけの蔓に寂しげに、けれど精一杯色づいて命を燃やす烏瓜。それを見た途端に「わたしのいのち」と感じました。みずみずしく新鮮な、第三句集『静かな水』所収の一句です。

10月19日　旧9月11日

芋の葉の遠くから胸塞ぎくる

芋　秋　藤井（ふじい）あかり

里芋の葉は肉厚でとても大きく、日傘のように地面に影を作って水分の蒸発を防ぎます。大きく成長し芋畑を覆う里芋の葉が、なぜか不安を呼び起こし、心が鬱々とするのです。

10月20日　旧9月12日

椎の実のまぎれてをりしペンケース

椎の実　秋　岡本（おかもと）眸（ひとみ）

ペンケースを開けてみつけた椎の実。団栗の仲間です。いつのまに紛れ込んでいたのでしょう。

里芋の葉

柚子（岐阜県関市上之保）

日々の忙しい生活にふと入り込んだ小さな自然が、思いがけない喜びを与えてくれました。

10月21日 旧9月13日 十三夜

君のこえは君の言葉に柚子は黄に

柚子 秋 越智友亮（おちゆうすけ）

君の唇からそっと生まれた声が、自然に柚子が黄色く熟していくように、意味のある言葉になっていきます。平成三年生まれの若い作者のみずみずしい一句です。

10月22日 旧9月14日

木瓜（ぼけ）の実を離さぬ枝のか細さよ

木瓜の実 秋 後藤夜半（ごとうやはん）

木瓜の実はちょっといびつで、でこぼこしています。俵形、林檎形など形も大きさもさまざま。たわわに実る木瓜の実はいかにも重そうで、しなりながらそれをしっかりと支える枝の細さが印象的でした。

10月23日 旧9月15日 霜降

末枯（うらがれ）や影をもつもの持たぬもの

末枯 秋 高木晴子（たかぎはるこ）

「末枯」は草や木が、枝先や葉先から枯れ始めること。まだ緑は残っていますが、自然の微妙な変化を捉えて、秋の終わりの寂しさを表している季語です。光と影の交錯が複雑な思いを感じさせます。

枸杞の実

10月24日 旧9月16日

枸杞（くこ）の実の一と粒赤き思案の掌

枸杞の実　秋　稲垣（いながき）きくの

　赤く熟れた枸杞の実を一粒掌に置いたまま、何かをじっと考え込んでいます。その鮮やかさが静かに心にしみてきます。昔から漢方薬として疲労回復に使われてきた枸杞の実。日本には平安時代に伝わったといわれます。

10月25日 旧9月17日

ひそひそと茸の山になつてゐし

茸　秋　矢島渚男（やじまなぎさお）

　山歩きをしていると、たくさん茸をみつけました。あ、ここにも、あそこにも。茸たちが密かにささやきあい、お喋りしているようです。童話の一場面のような楽しい一句です。

榠樝（長野県諏訪市高島）

10月26日 旧9月18日

榠樝の実が土打つ一度きりの音

榠樝の実　秋　村上鞆彦

人気のない、静かな山里。榠樝の実がひとつ地面に落ちました。ばさっという音が大きく響き、そしてまた静寂が戻ります。一度きりの音のあと、静けさはより深くより強く、心にしみ入ります。

10月27日 旧9月19日

日あたればうめもどき

うめもどき　秋　小沢武二

目立たなかった梅擬の実が、日が当たると、澄んだ青空を背景に美しく真っ赤に輝き始めました。武二は荻原井泉水の「層雲」で活躍した自由律の俳人。当時「層雲」で流行した短律の影響を受けた、昭和三年の作です。

うめもどき（島根県美郷町）

10月28日 旧9月20日

黄葉して真直ぐ立てり牧の木は

黄葉　秋　町垣鳴海

草原が広がり牛や馬がのんびり草を食む牧場が、美しい黄葉の季節を迎えています。白樺、銀杏、それともポプラでしょうか。青空に向かってすっくと立ち、明るく輝きます。

箒草

10月29日 旧9月21日

箒草ゆめ見るやうにもみづれり

箒草　秋　木附沢麦青

箒草が紅葉し始めました。丸くこんもりとした樹形で、赤く色づいた姿は夢見るような美しさです。箒草は、昔、枝を乾燥させ箒を作っていたところからこの名がつきました。茨城県のひたち海浜公園などが有名です。

10月30日 旧9月22日

数珠玉や歩いて行けば日暮あり

数珠玉　秋　森　澄雄

数珠玉の茂る水辺をひたすら歩いていきます。ふと気づくといつのまにかとっぷりと日が暮れていました。数珠玉は、背丈が一・五メートルほどにもなるイネ科の大型の草で、水田や河川敷など水辺で多く見られます。

10月31日 旧9月23日

すべてなしぬひとつの栗のおもさ掌に

栗　秋　長谷川素逝

戦争俳句で名を馳せた素逝は病を得て帰還、故郷三重県の津など

で療養し、清澄な静けさをたたえた俳句を残して昭和二十一年に三十九歳で亡くなりました。掌の栗をじっとみつめ、自分の人生を思います。

数珠玉

11月【霜月(しもつき)・神楽月(かぐらづき)】

銀杏の落葉のじゅうたん（群馬県太田市浄善寺）

11月1日　旧9月24日

山茶花（さざんか）は咲く花よりも散つてゐる

山茶花　冬　細見綾子（ほそみあやこ）

咲いては散り、咲きつぐ山茶花。咲く花は美しいけれど、散り敷く山茶花により一層風情が感じられます。十三歳で亡くした父の思い出につながる花です。北陸の風土が色濃く詠まれた、金沢時代の第三句集『雉子』所収の一句です。

11月2日　旧9月25日

どんぐりや林も庭もけぢめなく

どんぐり　秋　及川貞（おいかわてい）

団栗（どんぐり）は、櫟（くぬぎ）、楢（なら）、柏（かしわ）など落葉樹の実の総称で、さまざまな形があ

山茶花（兵庫県太子町斑鳩寺）

ります。ちょっと触れただけでころころと転がっていく可愛い団栗、林にも庭にも、たくさん落ちています。

11月3日　旧9月26日　文化の日

黄落の道いくまがりみちのくは

黄落　秋　桂信子（かつらのぶこ）

黄色く色づいた葉がしきりに散っていきます。幾重にも曲がり、さらに曲がっても黄落が続く道。心にしみる東北の旅です。還暦を迎えさらに次の境地へむかおうとする信子。六十三歳の時の句集『初夏』に収録されています。

11月4日　旧9月27日

静けさのあつまつてゐる式部の実

紫式部の実　秋　大岳水一路（おおたけすいいちろ）

紫式部が紫の小さな実を枝いっぱいにつけています。その美しくあでやかな紫から『源氏物語』の作者の紫式部の名がつきました。あたりの静けさがきわまって、その一点に集中しているようです。

11月5日　旧9月28日

破芭蕉（やればしょう）一気に亡びたきものを

破芭蕉　秋　西村和子（にしむらかずこ）

大きな芭蕉の葉は、晩秋には風雨にさらされ無惨に裂けてしまいます。その侘びしい佇まいが愛でられ、秋の季語「破芭蕉」となりました。しかしその姿はあわれで、いっそ一気に亡びたいだろうに、と思うのです。

11月6日　旧9月29日

胡桃割る胡桃の中に使はぬ部屋

胡桃　秋　鷹羽狩行（たかはしゅぎょう）

胡桃の中の空洞を、使っていない部屋と捉えました。これは何のためにあるのでしょう。人間の心の中にもそんな空洞があるのでしょうか。愛らしい句ですが、さまざまに想像させ、別の世界に思いを誘い込みます。

紅葉（近江八幡市安土町石寺教林坊）

11月7日　旧9月30日　立冬

紅葉且散るひとひらはまなかひに

紅葉かつ散る　秋　杉本零

「紅葉かつ散る」は、葉が次々に色づき、いっぽうでは先に紅葉した葉が散ってゆくという秋の季語です。「まなかひ」は目の前、まのあたり。散りゆく紅葉の中に佇んでいると、ふいに一枚の葉が目の前をよぎりました。

11月8日　旧10月1日

松手入終へたる松の男ぶり

松手入　秋　松本澄江

庭師さんに松手入れをしてもらいました。古い葉をとりのぞき、

花が咲いています。冬も美しい緑の葉を茂らせ、その根元に土に埋まったように咲く寒葵。それは土の香が大好きだから、と詠んだ可愛らしい一句です。

11月15日　旧10月8日

冬蝶よ草木もいそぎ始めたり　柿本多映（かきもとたえ）

冬蝶　冬

弱々しい冬の蝶が、翅をこきざみに震わせながら、少ない花を求めて飛んでいます。やがて動けなくなるまで、命を燃やす冬の蝶。草は枯れ、木々ははらはらと葉を落とし、もうすぐ冬本番を迎えようとしています。

11月16日　旧10月9日

霜枯の臙脂（えんじ）ぢごくのかまのふた　辻田克巳（つじたかつみ）

霜枯　冬

「地獄（じごく）の窯（かま）の蓋（ふた）」はキランソウの別名。地を這うように広がることからこの名がつきました。ロゼットという、地面にべたっと葉を広げた姿で冬越しをする地獄の窯の蓋。臙脂色になった葉が白々と霜に凍てついていました。

11月17日　旧10月10日

天狗来よ千年の杉しぐれつつ　堀本裕樹（ほりもとゆうき）

しぐれ　冬

時雨（しぐれ）降る中、静かに佇む樹齢千年の杉の存在感、迫力に圧倒され

地獄の窯の蓋

晩三吉（広島県安芸高田市）

11月12日　旧10月5日

晩三吉（おくさんきち）老僧のごと坐りたり

晩三吉　冬　寺井谷子（てらいたにこ）

晩三吉は、明治時代にはすでに食べられていた、歴史の古い大きな梨。堂々とした姿は老僧のような威厳と貫禄を感じさせました。十月下旬から十一月上旬に収穫され、貯蔵により甘みを増す、冬の梨の代表格です。

11月13日　旧10月6日

枯蓮の中敗荷（やれはす）の匂ひけり

枯蓮　冬　敗荷　秋　小島健（こじまけん）

敗荷は風雨に打たれて破れた秋の蓮。うらぶれた姿ではあっても、無惨に枯れ尽くした冬の枯蓮の中でまだ青を保ち、かすかな草の匂いを放っています。生と死の混じり合った世界で、その生の匂いに感動を覚えました。

11月14日　旧10月7日

土の香が好きよ好きよと寒葵（かんあおい）

寒葵　冬　青柳照葉（あおやぎてるは）

里山の落ち葉の中、人に気づかれることなく、ひっそりと寒葵の

枯蓮

夏に伸びた枝を減らして、さっぱりと枝ぶりを整えた松。「男ぶり」から、堂々とした立派な松の姿が見えてきます。作者の高揚感も伝わります。

11月9日　旧10月2日

ねずみもちの実を見る胡散臭さうに

ねずみもちの実　冬　川崎展宏（かわさきてんこう）

黒紫色の小さな女貞（ねずみもち）の実は、別名の「ねずみのふん」のよう。赤く華やかな秋の実には、わあ、きれいと駈け寄る人たちも、なんだか胡散臭そうに見ています。この実を中国では「女貞子（じょていし）」といい、薬用にします。

11月10日　旧10月3日

生涯にこの一音を朴落葉

朴落葉　冬　有馬朗人（ありまあきと）

静かな林を歩いていると、大きな朴の葉が一枚、ばさっと音を立てて舞い散りました。深いもの思いにひたっていた心に、ふいにその音がしみわたります。この音を、いまこの瞬間を、生涯忘れることはないでしょう。

11月11日　旧10月4日

石蕗（つわ）咲いていよいよ海の紺たしか

石蕗の花　冬　鈴木真砂女（すずきまさじょ）

きっぱりとした黄色の花と、海の紺の対象が鮮やかです。日陰でもよく育ち、公園などでも見かけますが、もともと石蕗は海辺に咲く花。故郷の房総の海、太平洋の明るい海辺の風景です。

石蕗（京都市東山区圓徳院）

寒蘭

ます。かつて霊峰を駆け巡った天狗がいまにも姿を現しそうです。紀州に生まれ育ち、故郷、熊野を詠んできた作者の第一句集『熊野曼荼羅』の一句です。

11月18日 旧10月11日

寒蘭の香と日溜りにあそびをり

寒蘭　冬　福田甲子雄（ふくだきねお）

よく晴れた暖かな冬の一日、寒蘭の鉢を日向に出してやり、その香りを味わいます。心癒される満ち足りた時間です。寒蘭は東洋蘭の一種、すらりと伸びた葉も美しく、香りがよく気品のある花です。

11月19日 旧10月12日

蹴ちらしてまばゆき銀杏落葉かな

銀杏落葉　冬　鈴木花蓑（すずきはなみの）

銀杏が黄一色に染まり、輝きながら散り始めました。地面に絨毯のように散り敷いた銀杏落葉を蹴散らしながら歩くと、ふわっと舞い上がる落葉もまばゆいばかりに美しく、心ときめきます。

11月20日 旧10月13日

柊（ひいらぎ）の花のましろき香とおもふ

柊の花　冬　片山由美子（かたやまゆみこ）

どこからか良い香りが漂ってきました。「あ、柊」と白い小さな花の姿が思い浮かび、「ましろき

縄文杉（鹿児島県屋久島）

柊の花

香」と感じたのです。清楚な花の香りを色で捉えた一句。ひらがな表記がやわらかさとやさしさを感じさせます。

11月21日 旧10月14日

夢の世に葱を作りて寂しさよ　永田耕衣（ながたこうい）

葱　冬

はかない夢のようなこの世で、せっせと庭の土を耕し葱を作っていることの寂しさ。葱の淡い緑が、この世の寂しさを感じさせます。戦後、昭和二十二年の作。耕衣の代表作のひとつです。

八手の花

11月22日　旧10月15日　小雪

花八ッ手ぽんぽんぽんと晴れ渡る

花八ッ手　冬　野木桃花（のぎとうか）

白く細かい花が丸く集まって咲く八手（やつで）の花。一見地味な花を、心弾むような「ぽんぽんぽんと」という擬音で表しました。作者の楽しい気分が伝わってきますね。花八ッ手で向こうに、よく晴れた冬の青空が広がっています。

11月23日　旧10月16日　勤労感謝の日

朱（あけ）よりもはげしき黄あり冬紅葉

冬紅葉　冬　井沢正江（いざわまさえ）

枯れ色の風景の中、日に日に厳しくなる寒さに耐え、美しい色を残している冬紅葉。秋のあでやかさとは異なる風情があります。その中ひときわ明るく輝く鮮やかな黄色に、命の燃焼の激しさ、静かな気迫を感じました。

11月24日　旧10月17日

カトレアを挿し花嫁の父となる

カトレア　冬　大石悦子（おおいしえつこ）

数多い洋蘭の中でも、もっともあでやかで豪華なカトレア。中南米原産で、洋蘭の女王ともいわれます。華やかなカトレアのコサージュを胸に挿した花嫁の父。万感の思いが胸に迫ります。

カトレア

11月25日　旧10月18日

やがて雪来る背高（せいたか）のしらかんば

雪　冬　福谷俊子（ふくたにとしこ）

葉を落とした背の高い白樺の木が並んでいます。白い幹に光が反射して林が明るく輝きます。もうすぐ雪の季節。一面真っ白な雪に包まれた風景が目に浮かびます。雪の中の白樺はさぞ美しいことでしょう。

11月26日　旧10月19日

仏手柑（ぶしゅかん）捥（も）ぐ手を空にかざしけり

仏手柑　冬　根岸善雄（ねぎしよしお）

仏手柑は柑橘類の一種。先端が指のように分かれた形から、仏像の手に見立てて名付けられました。インド東北部原産です。その不思議な形を確かめるように仏手柑をもぐ手を空にかざし、自分の手と見比べてみました。

仏手柑

11月27日 旧10月20日

帰り花鶴折るうちに折り殺す

帰り花　冬　赤尾兜子（あかおとうし）

失敗した鶴の折り紙を「折り殺す」と表現した兜子の鋭敏な神経。平和の象徴、善意の表れであるような鶴を折る自分に違和感を覚えたのでしょうか。「狂い花」ともいわれる、季節外れの帰り花の違和感と響きあいます。

柿落葉

11月28日 旧10月21日

畑中は柿一色の落葉かな

柿落葉　冬　井上士朗（いのうえしろう）

若葉の頃つやつやと輝いていた柿の葉。秋に色づいた葉は、冬になって地に落ちてなお色鮮やかで美しく、心を捉えます。さまざまな色合いの柿落葉が、敷きつめられたように柿畑を彩っています。

11月29日 旧10月22日

茶が咲いていちばん遠い山が見え

茶の花　冬　大峯（おおみね）あきら

清楚な茶の花が咲き、その向こうに遠くの山々が広がります。澄み渡った大気の先にもっとも遠い山が見え、心は遥か彼方へ向かいます。作者は吉野に暮らし、自然や生死の循環を宇宙的な一体感の中で詠みました。

11月30日 旧10月23日

からまつ散る縷々（るる）ささやかれゐるごとし

からまつ散る　冬　野澤節子（のざわせつこ）

落葉松（からまつ）が黄葉し、金色のこまかな葉が惜しげもなく散っていきま

す。まっすぐに伸びた木のてっぺんから、次から次へと降りしきる葉。その中に佇んでいると、耳元でそっとささやかれ続けているようです。

落葉松（長野県上高地）

12月 【師走・極月】

冬木（富山県高岡市）

12月1日　旧10月24日

冬菊のまとふはおのがひかりのみ

冬菊　冬　水原秋桜子（みずはらしゅうおうし）

冬の冷たい空気の中、自ら光を放つように冬菊が凛と立っています。内面から静かに発光し、深いいのちの充実を感じさせる冬菊の気高さ、清澄なる美しさ。その孤高の美に、秋桜子自身の姿も重なります。

12月2日　旧10月25日

室咲き（むろざき）の花のいとしく美しく

室咲き　冬　久保田万太郎（くぼたまんたろう）

「室咲（むろざき）」は春に咲く花を温室で栽培、冬に咲かせたものです。咲くはずのない時期に、人の手で美しく咲いた花をいとおしくみつめる、生前最後の句集『流寓抄（りゅうぐうしょう）』（昭和三十三年刊）所収の一句です。

室咲の薔薇（愛知県西尾市）

12月3日　旧10月26日

藪柑子（やぶこうじ）もさびしがりやの実がぽつちり

藪柑子　冬　種田山頭火（たねださんとうか）

藪柑子は『万葉集』にも山橘（やまたちばな）の名で詠まれ、古くから日本人に愛されてきました。地に近く、日陰でひっそりと茂る藪柑子の、つやつやと真っ赤な愛らしい実。自分と同じさびしがりやだと感じました。

12月4日　旧10月27日

日あるうち光り蓄めおけ冬苺

冬苺　冬　角川源義（かどかわげんよし）

山間の藪の中で、冬になると赤く熟れる可愛い木苺。冬の日差し

にあたたかく包まれています。冬苺は野生の木苺。ハウス栽培で冬に店頭に並ぶ「冬の苺」とは異なります。

冬苺（群馬県太田市）

12月5日 旧10月28日 ●

誰も彼も鬼石町鬼石町と冬桜

冬桜　冬　松崎鉄之介

冬桜は冬に咲く桜。別名小葉桜という品種で、白い一重の小さな花です。寒さに耐えてけなげに咲く、はかなげな姿が愛されてきました。国の天然記念物に指定された、群馬県藤岡市鬼石町の桜山公園の冬桜が有名です。

冬桜（群馬県鬼石町）

ブロッコリーの花

12月6日 旧10月29日

花の咲くブロッコリーを呉れにけり ●

ブロッコリー　冬　山尾玉藻（やまおたまお）

花の咲いたブロッコリーを頂きました。珍しいですね。もともとブロッコリーの頭の部分は、花の蕾。そのままにしておくとやがて黄色の花をつけます。花も食べられますが、おいしいのはやはり固い蕾です。

12月7日 旧11月1日　大雪

木の葉ふりやまずいそぐないそぐなよ ●

木の葉　冬　加藤楸邨（かとうしゅうそん）

昭和二十三年、四十三歳の作。降りしきり、散り急ぐ木の葉

に「いそぐなよ」と呼びかけます。それは病床に伏せって焦りがちな自分自身に言い聞かせる言葉でもありました。口語調、平仮名の表現がやわらかな一句です。

12月8日　旧11月2日　冬至

さみしからず寒菊も黄を寄せ合へば

寒菊　冬　目迫秩父（めさくちちぶ）

色のない蕭条とした風景の中で、黄色の寒菊が固まって咲いていいます。身を寄せ合っているようです。寒菊は広義には冬に咲く菊の総称ですが、ふつうは島寒菊（しまかんぎく）を原種とした冬咲きの園芸品種をさします。

12月9日　旧11月3日

東風平（こちんだ）や甘蔗（かんしょ）の花のうすぐもり

甘蔗の花　冬　古川和子（ふるかわかずこ）

甘蔗はさとうきび。高さ二～四メートルにもなる茎の先に灰白色の穂が出て花が咲きます。その様子は芒に似ています。薄曇りの空の下、東風平（沖縄県の旧町名）のさとうきび畑に、寂しげに甘蔗の花が揺れていました。

12月10日　旧11月4日

枇杷咲くか裏庭とんと用のなく

枇杷咲く　冬　大橋敦子（おおはしあつこ）

裏庭からほんのり漂う甘い香り、枇杷の花です。気になるけれどわざわざ見にいくほどでもない、暮らしの中にさりげなくある枇杷の花のつつましさ。白い小さな五弁花が枝先に集まってひそやかに咲く地味な花です。

枇杷の花

12月11日 旧11月5日

手に蜜柑故郷日和授かれり

蜜柑　冬　村越化石（むらこしかせき）

十六歳でハンセン病を宣告され、故郷から引き離された化石。全盲となり後遺症と闘いながら句作を続け、魂の俳人と呼ばれました。掌の上の蜜柑に、故郷朝比奈村（現静岡県藤枝市）のあたたかな日差しを感じます。

12月12日 旧11月6日

流れ行く大根の葉の早さかな

大根　冬　高浜虚子（たかはまきょし）

吟行の途中、畑から抜いた大根を小川で洗う光景を見ました。橋の上から流れる葉を見た瞬間、その早さが心を捉え、「今まで心にたまりたまつて来た感興がはじめて焦点を得て句になつた」という、客観写生の代表句です。

12月13日 旧11月7日

花アロエ四五本活けて鬱を断つ

花アロエ　冬　窪久美子（くぼくみこ）

昔から民間療法の万能薬のように重宝されてきたアロエ。冬、まっすぐ伸びた茎の上に朱色の筒型の花をつけます。力強い鮮やかなアロエの花を活けて、憂鬱な思いなど吹きとばします。

アロエの花（静岡県下田市アロエの里）

12月14日 旧11月8日

疾風怒濤の晩年もよし冬欅（けやき）

冬欅　冬　倉橋羊村（くらはしようそん）

欅の木が豊かに生い茂っていた葉を落とし、厳しい寒さの中、冬空へ堂々と大きく枝を広げていま

す。そのきっぱりとした強さ。これから先の人生、自分の晩年に思いを馳せます。六十歳の時の第一句集『渾身』の一句です。

12月15日 旧11月9日

奥美濃や心底赤き木守柿（きもりがき）

木守柿　冬　菖蒲（しょうぶ）あや

奥美濃を歩き、木にひとつ残った柿の赤さが目にしみました。木守柿は、収穫の後ひとつだけ木に残した柿で、小鳥のためにとってあるとも、収穫への感謝と来年の実りへの祈りがこめられているともいいます。

冬欅

12月16日 旧11月10日

先生は大きなお方竜の玉

竜の玉　冬　深見（ふかみ）けん二（じ）

竜の玉は竜の髭（ひげ）の実。作者の師、虚子は「竜の玉深く蔵すといふことを」と、奥深く湛えられた心の大切さを詠みました。美しい瑠璃色の竜の玉を見ると、先生の存在の大きさを思うのです。

竜の玉

12月17日　旧11月11日

冬晴の赤い実があり怪しい実

冬晴　冬　大塚凱（おおつかがい）

黐（もち）の木、梅擬（うめもどき）、がまずみ、青木の実……。花の少ない冬、寂しい景色に可愛い赤い実が彩りを与えてくれます。その中で怪しい実とは一体？　いろいろ想像させてくれる楽しい一句です。

12月18日　旧11月12日

あたたかな雨がふるなり枯葎（かれむぐら）

枯葎　冬　あたたか　春　正岡子規（まさおかしき）

絡みあって茂る雑草を総称して葎といい、絡みついたまま枯れ果てた状態を枯葎といいます。蕭条とした庭にあたたかな冬の雨が降り、生色をとりもどします。子規本人は「あたたか」を季語として春の句としています。

12月19日 旧11月13日

孤高とはくれなゐ深き冬の薔薇

冬の薔薇　冬　金久美智子（かねひさみちこ）

冬枯れの風景の中、ぽつりと咲く冬の薔薇。春、秋の盛りの頃を過ぎて、厳しい寒さに耐え、凛と咲く真紅の薔薇に、自らを恃む孤高の強さと美しさを感じ、そのような存在でありたいと願います。

12月20日 旧11月14日

枯菊（かれぎく）と言捨てんには情（なさけ）あり

枯菊　冬　松本（まつもと）たかし

菊は花期が長く、葉は枯れても花は散らずに名残を残しているので、枯れてなおそのまま立ち尽くす姿は、盛りの華やかさが偲ばれてよけい哀れです。枯れた菊になお残る艶を詠んだ、昭和六年、二十五歳の時の句です。

青木の実

12月21日 旧11月15日

泡立草無頼派としてかく枯るる

枯る　冬　中尾杏子

泡立草は本来は秋の麒麟草のことですが、今は背高泡立草をさすことが多いようです。北アメリカ原産の帰化植物で繁殖力が強く、やや嫌われ者。川原や荒れ地を席捲するように生い茂ったあと、静かに枯れています。

12月22日 旧11月16日 冬至

一と本の城の裾なる冬至梅

冬至梅　冬　星野椿

冬至梅は、冬至の頃にすがすがしい香りを漂わせて咲きはじめる早咲きの梅。楚々とした一重咲きの白い花が城壁の白と響き合います。風格あるお城の裾に、一本の冬至梅が優しさを添えています。

12月23日 旧11月17日

赦されぬ罪負ふクリスマスローズ

クリスマスローズ　冬　角田恵理子

クリスマスローズはクリスマスの頃に咲くキンポウゲ科の花。根におそろしい毒がありながら神聖な花として知られ、アダムとイブが楽園を追われたときこの花を持ち出し、地上にもたらしたという言い伝えがあります。

クリスマスローズ（福島市荒井）

12月24日 旧11月18日 クリスマスイブ

行きずりに聖樹の星を裏返す

聖樹　冬　三好潤子

道行く人みなきらきらと幸せそうなクリスマス。世の中に背を向ける思い、小さな反発の気持ちが、通りすがりに幸せの象徴のようなクリスマスツリーの星を裏返すという、一瞬の行動に表れました。

冬至梅（茨城県水戸市偕楽園）

クリスマスツリー

12月25日 旧11月19日　クリスマス

ポインセチアの真つ赤をもつて祝福す

ポインセチア　冬　山崎(やまざき)ひさを

真っ赤なポインセチアはお祝いや贈り物にぴったり。クリスマスを華やかに彩ります。赤い部分は花でなく苞(ほう)。その色が能に出てくる酒好きの想像上の動物猩々(しょうじょう)に似ていることから、和名は猩々(しょうじょう)木(ぼく)といいます。

12月26日 旧11月20日

聖燭のごとき冬芽やこぶし老い

冬芽　冬　高島筍雄(たかしまじゅんゆう)

作者は金沢の医師。往診先に老いた辛夷の木がありました。春を待ち眠りについている銀白色の冬芽は、ふさふさの毛でおおわれ、北陸のどんより重い空に向かって、聖なるともしびのように、命を灯していました。

ポインセチア

12月27日 旧11月21日

枯れ枯れて光をはなつ尾花かな

枯尾花　冬　高井几董（たかいきとう）

穂も葉も枯れた芒（すすき）。白くほうけた穂が冬日に包まれ、自ら光を放つように美しく輝きます。蕪村の高弟、几董が、芭蕉の墓のある義仲寺で詠んだ句。時代を経てなお、ますます光を放つ芭蕉への思いを重ねます。

12月28日 旧11月22日

にっぽんは葉っぱがないと寒いんだ

寒し　冬　藤後左右（とうごさゆう）

冬になって木々が葉を落とした童話的な情景が目に浮かびますが、この句は公害や埋め立て反対運動に関わった左右の作。口語俳句で、森林破壊、自然環境破壊が進む現代の日本を簡潔に鋭く批判しています。

12月29日 旧11月23日

煤払（すすはらい）終りはゴムの葉を拭ひ

煤払　冬　西川光子（にしかわみつこ）

年末の大掃除の最後は観葉植物。ゴムの木の葉っぱを丁寧に拭うとつやつやになりました。煤払は古くは十二月十三日の「正月事始め」に行われていました。新年の準備を始めるとともに、一年の厄を取り払う重要な折り目でした。

ゴムの葉

12月30日　旧11月24日

しやこさぼてん撩乱と垂れ年暮るる

しゃこさぼてん　冬　富安風生（とみやすふうせい）

楕円形の茎が鎖状につながって垂れ下がり、鉢をおおうように花を垂らす蝦蛄仙人掌（しゃこさぼてん）（蝦蛄葉仙人掌（しゃこばさぼてん））。華やかに、美しく咲き乱れます。蝦蛄（しゃこ）を思わせる姿から名付けられました。クリスマスカクタスともいわれます。

12月31日　旧11月25日

年の夜やもの枯れやまぬ風の音

年の夜　冬　渡辺水巴（わたなべすいは）

大晦日の夜、ものさびしい風の音が響きます。風にあおられ、木々も草もどこまでも枯れて滅んでゆくのです。繊細で唯美的な作風で知られた水巴の、不安と苦悩、緊張感が漂う一句です。

蝦蛄仙人掌

1月【睦月・初空月】

淡路島の冬の風物詩　500万本の水仙（兵庫県南あわじ市・灘黒岩水仙郷）

1月1日　旧11月26日　元日

日の障子太鼓の如し福寿草

福寿草　新年　松本(まつもと)たかし

新春の日が差し、太鼓の皮のようにぴんと張った障子、金色に輝く床の間の福寿草。正月らしいおめでたい一句です。福寿草は元日(がんじつ)草(そう)の名も持ち、江戸時代から鉢植えを床飾りにし、正月の花として親しまれています。

雪深い山間の福寿草（長野県上田市）

1月2日　旧11月27日

藤の木の老いたるもまた淑気(しゅくき)かな

淑気　新年　神尾久美子(かみおくみこ)

淑気とは、新春のめでたい気分が天地あまねく満ちていることを表す季語です。うねるように四方に大きく枝を伸ばした藤の老木にも、荘厳な空気が漂っていました。

1月3日　旧11月28日

ゆづり葉の茎も紅さすあしたかな

ゆずり葉　新年　斯波園女(しばそのめ)

楪(ゆずりは)は、若葉が出た後に古い葉があとを譲るように落ちる性質から、代を譲ると見てこの名がつきました。子孫繁栄の縁起物とされています。その葉柄の赤みを、紅をさしたとみる、女性らしい一句です。

1月4日　旧11月29日

うらじろの反りてかすかに山の声

うらじろ　新年　髙崎武義(たかさきたけよし)

注連飾りなどに使われる裏白(うらじろ)は、葉裏の白さが心の清浄を表すとし、夫婦共白髪と見立てて二人揃って

注連飾りの裏白

長寿の願いを込めて飾られます。渇いてかさかさ音をたてた裏白に、遠い山の気配を感じました。

1月5日 旧11月30日

菜の花に門松立てて安房郡

門松　新年　菜の花　春　富安風生

前書きに「房州僑居迎春。老夫婦四人まず恙なく、平凡かつ幸福に屠蘇を祝う」とあります。年越しをした千葉の、菜の花が咲く明るい新春風景をおおらかに詠んだ、昭和四十二年、八十三歳の句です。

1月6日 旧12月1日　小寒

千両の実をこぼしたる青畳

千両　冬　今井つる女

床の間に飾られていた千両の実が、畳にこぼれています。替えられたばかりの新しい畳に真っ赤な千両の実。すがすがしい新年の情景です。冬に美しい赤い実をつける千両は、万両とともに正月の縁起物とされています。

門松（北海道函館市）

1月7日 旧12月2日 七草 人日

すずろいでて松笠ひろふ七日かな

七日 新年 渡辺水巴（わたなべすいは）

千両（島根県大田市）

「すずろ」はそわそわと落ち着かない様子。今日は七日、門松などの松飾りも取り払われて正月気分もひと区切り、いつもの日常が戻ります。ほっとしつつも一抹の寂しさを感じ、なんとなく外に出て松笠をみつけました。

1月8日 旧12月3日

水仙のリリと真白し身のほとり

水仙 冬 橋本多佳子（はしもとたかこ）

女の情念溢れる句を詠みながら、芯にきりっとした強さを感じさせる多佳子に、清楚で気品漂う水仙がそっと寄り添います。「リリ」が愛らしさとともに凜とした美しさを感じさせます。

1月9日 旧12月4日

小さき葉もちさきつららや皆つらら

つらら 冬 高木晴子（たかぎはるこ）

小さな葉についた、愛らしい小さな氷柱。「小さき」「ちさき」と「つらら」のリフレイン、「皆つらら」というたどたどしい表現が、子供のような素直な喜びを感じさせます。

1月10日 旧12月5日

侘助（わびすけ）のひとつの花の日数かな

侘助 冬 阿波野青畝（あわのせいほ）

小ぶりで一重咲き、つつましく控えめな冬の椿、侘助。茶花として人気です。花の数は少なく、ひ

とつの花がいつまでも咲いています。ひとつだけ咲いた花の上を、ひっそりと日数が流れていきます。

植え込みにたれさがる氷柱

1月11日 旧12月6日

さきほどの冬菫まで戻らむか

冬菫　冬　対中(たいなか)いずみ

冬の日溜まりでみつけた冬菫。なにげなく通り過ぎたあとその存在が心に響き、いつしか無視できないほどになっていました。小さな生命へそっと心を寄り添わせます。澄んだ静けさを感じさせる一句です。

1月12日 旧12月7日

寒木瓜(かんぼけ)や人よりも濃き土の息

寒木瓜　冬　福永耕二(ふくながこうじ)

木瓜は春の花ですが、緋木瓜など冬に咲く木瓜を寒木瓜と言います。まだ寒さ厳しい中、けなげに咲く鮮やかな緋色の花。この花を育んだ土のいのち、その深い息を感じとりました。

うっすら雪化粧した木瓜の花（東海地方）

1月13日 旧12月8日

いつぽんの冬木に待たれゐると思へ

冬木 冬 長谷川櫂（はせがわかい）

「思へ」という命令形に切迫感があり、切実な思いが心を捉える一句です。いろいろ想像をかきたてますが、自分を待つ、孤高な佇まいの一本の冬木は、自らがめざす厳しい世界の象徴でしょうか。

1月14日 旧12月9日

雪折れの竹生きてゐる香をはなつ

雪折れ 冬 加藤知世子（かとうちよこ）

降り積もった雪の重みに耐えかねて、竹が無惨に折れてしまいました。しかしその折れ口は、生々

しい生の香りを放ちます。折れてなお、いきいきとした竹の命を感じるのです。

1月15日　旧12月10日　小正月

床花の一輪潔し女正月

女正月　新年　楠本憲吉

一月十五日を中心とする小正月を女正月（おんなしょうがつ・めしょうがつ）といいます。年末からせわしない日々を過ごしてきた女性たちが、ひと息つく頃です。床の間に飾った一輪の花の清らかさが、心にしみてきました。

1月16日　旧12月11日

早梅の世間知らずの花二三

早梅　冬　中原道夫

早梅は、まだ寒い中、春をまちかねたように早々に咲き出した梅の花のこと。冬の季語ですが、春を待つ明るさが伝わってきます。「世間知らず」が初々しさ、可愛らしさを感じさせます。

八重寒梅（茨城県水戸市・偕楽園）

1月17日　旧12月12日

約束の寒の土筆を煮て下さい

寒　冬　川端茅舎

昭和十六年、四十四歳。亡くなる半年前の句です。親しい弟子の夫人へ、この時期には珍しい土筆をねだる闘病中の茅舎。甘えるような口ぶりの口語調が、いっそう切なさを感じさせます。

1月18日 旧12月13日

蹤（つ）いてくるその足音も落葉踏む

落葉　冬　清崎敏郎（きよさきとしお）

ひとり落葉を踏んで歩き、蹤いてくる足音を聞いています。それぞれ自らの孤独と向き合いつつ歩いてゆくのです。句集『系譜』の掉尾（とうび）の句。創作の道を歩む師と弟子の信頼感を感じさせる一句です。

1月19日 旧12月14日

ひうひうと風は空ゆく冬ぼたん

冬ぼたん　冬　上島鬼貫（うえしまおにつら）

冷たい北風がひゅうひゅうと吹き渡る寒空の下、地上では藁囲いに包まれて冬牡丹が鮮やかに咲き誇ります。花期を遅らせて冬に開花させ、雪の中で牡丹を観賞する日本独自の文化は、江戸時代、寛永年間に生まれました。

冬牡丹（名古屋市・徳川園）

1月20日 旧12月15日 大寒

万両や癒えむためより生きむため

万両　冬　石田波郷（いしだはきょう）

赤い実を豊かにつけた万両をみつめて願います。病気が治ることまでは望まない、せめて生きていたいのです。病と闘い続け、五十六歳で没した波郷の遺句集『酒中花以後』におさめられた絶唱です。

1月21日 旧12月16日

芙蓉の実枯れてはなやぐことありぬ

枯芙蓉　冬　安住敦（あずみあつし）

秋に美しい花を咲かせたあと、芙蓉は葉を落として枯れ、枝の先に毛深い球形の実が残ります。五

万両（神奈川県鎌倉市・建長寺）

つに割れて白毛のある種子が見えるものも。枯れ尽くした後にも独

芙蓉の実

特の風情があり、華やぎを感じました。

1月22日 旧12月17日

木々の間に輝く日あり冬の草

冬の草　冬　山西雅子（やまにしまさこ）

季語の「冬の草」は「枯草」と区別し、冬もなお青さを残している草をさします。厳しい寒さに耐え、いきいきとした生命力を感じさせる冬の草。葉を落とした木々の間に太陽が輝いて、青い冬草にやわらかな光を放っていました。

1月23日 旧12月18日

花挿さぬ壺より暮るる冬座敷

冬座敷　冬　甘田正翠（かんだせいすい）

襖や障子などを冬らしくしつらえた、ひっそりとした佇まいの冬座敷。床の間の壺には花が挿されていません。どこか寂しげに感じられ、そこから先に日が暮れてゆく気がするのです。

1月24日 旧12月19日

臘梅（ろうばい）や人待つならば死ぬるまで

臘梅　冬　藺草慶子（いぐさけいこ）

生涯をかけて愛する人を待ち続ける。その強い思いがまっすぐに伝わってきます。まだ寒さ厳しい

臘梅（埼玉県）

冬、蠟細工のように半透明で光沢のある小さな黄色い花、臘梅が香り高く艶やかに開きます。

葉牡丹（栃木県下野市）

1月25日　旧21月20日

火を焚くや枯野の沖を誰か過ぐ

枯野　冬　能村登四郎（のむらとしろう）

ひとり焚く炎の向こうの蕭条たる枯野、その寂しさの極みのような冬景色をよぎる遠くの人影。それは作者と孤独を共有する人の姿でしょうか。心の奥から湧いてきたという心象風景が、鮮やかに具象化されました。

1月26日　旧12月21日

葉牡丹を植ゑて玄関らしくなる

葉牡丹　冬　村上喜代子（むらかみきよこ）

新しい家の玄関に葉牡丹を植え、明るく華やかになりました。葉牡丹は、江戸時代中期、結球しない古い品種のキャベツが観賞用に改良されたもの。白や赤紫の美しい葉を牡丹の花に見立てて、名付けられました。

1月27日　旧12月22日

冬つばき世をしのぶとにあらねども

冬つばき　冬　久保田万太郎（くぼたまんたろう）

生前最後の句集『流寓抄』（昭和三十三年刊）所収の句です。昭和三十二年、息子に先立たれ、湯島の家に妻を残して別の女性の元へ移った万太郎。ふたり暮らす家にひっそりと冬椿が咲いています。

寒椿（秋田県にかほ市・蚶満寺）

1月28日 旧12月23日

標無く標求めず寒林行く

寒林　冬　髙柳克弘（たかやなぎかつひろ）

俳句への志、強い思いを詠んだ、第二句集『寒林』の一句。みずから「古人もこの道を歩いてきたのだろう。そしていま、私の歩んでいる道を、同じ気持ちで踏みしめている、現代の若者もきっといる」と書いています。

1月29日 旧12月24日

枯草を撫づ一瞬の永遠よ

枯草　冬　鳴戸奈菜（なるとなな）

師の永田耕衣（ながたこうい）をしのぶ一句です。耕衣は最晩年にいたるまで旺盛な創作活動を行い、辞世の句「枯草の大孤独居士（だいこどくこじ）ここに居（お）る」を遺し、九十七歳で没しました。やがて土に還る枯草を静かに撫でて、師を思います。

1月30日 旧12月25日

冬柏近づきゆけば音をだす

冬柏　冬　皆川盤水（みながわばんすい）

葉が枯れても落ちずにそのまま越冬する柏の木。残る葉は神に守られているようで「柏木の葉守の神」と古歌にも詠まれています。近づくと大きな葉は寒風にさらされてぶつかり合い、かさかさ渇いた音を立てていました。

枯草（山梨県大月市・雁ヶ腹摺山）

1月

1月31日 旧12月26日

億年のなかの今生実南天

実南天　冬　森澄雄

人間は広大な宇宙の一点、自分の一生など地球の歴史のほんの一瞬にすぎません。しかし自分にとってはかけがえのない人生です。これまでの人生を凝縮したような南天の真っ赤な実をみつめます。

南天（福島市大波）

2月 【如月（きさらぎ）・梅見月（うめみづき）】

青空に映える紅梅・白梅（東京都府中市・郷土の森）

2月1日　旧12月27日

甘草のとびとびのひとならび

甘草の芽　春　高野素十

種を蒔いたとおりに並んでとびとびに芽を出した甘草。小さな芽の勢いを感じさせます。昭和四年作。客観写生の名句として虚子が高く評価し、秋桜子が些末な「草の芽俳句」と酷評、対立のきっかけとなった句です。

2月2日　旧12月28日

梅一輪一輪ほどの暖かさ

梅一輪（寒梅）　冬　服部嵐雪

梅がたった一輪咲きました。まだ冬だけれど、その一輪ほどの暖かさが確かに漂っています。春の兆しが感じられる季節感と、春を待つ心が伝わってきます。芭蕉の高弟、嵐雪の代表作のひとつです。

2月3日　旧12月29日　節分

節分草つばらなる蕊もちゐたる

節分草　春　加藤三七子

節分草は、節分の頃に地面に顔を覗かせる小さな白い花。青い雄蕊、黄色の雌蕊が鮮やかです。「つばら」は詳しい、細かいの意。密集する細かい蕊がとても可愛らしく、心に残りました。

節分草（広島県庄原市）

2月4日　旧12月30日　立春

春立つやあぢさゐの芽のきのふけふ

春立つ　春　野村喜舟（のむらきしゅう）

今日は立春です。まだ寒さは厳しいけれど、紫陽花の芽は昨日、今日と少しずつ成長しています。光もやわらぎその色合いを変えていき、もうすぐ本格的な春がやってきます。

紫陽花の芽

2月5日　旧1月1日

みんな夢雪割草が咲いたのね

雪割草　春　三橋鷹女（みつはしたかじょ）

早春、雪を割って春の訪れを知らせる愛らしい雪割草。洲浜草（すはまそう）ともいいます。従来の俳句を打ち破るさまざまな冒険を試み、その独自性を鮮やかに発揮した第一句集『向日葵』（昭和十五年刊）の口語表現の一句です。

2月6日　旧1月2日

春望の西安どこも迎春花（げいしゅんか）

迎春花　春　松崎鉄之介（まつざきてつのすけ）

迎春花は、梅の咲く時期に、梅に似た黄色い花を咲かせる黄梅（おうばい）の

雪割草（新潟県柏崎市・雪割草の里）

中国名。中国原産で、春節（中国の旧正月）の頃に咲く花です。春の西安は、黄金色の迎春花に埋め尽くされていました。

2月7日　旧1月3日

猫神に猫の目草の点りけり　磯貝碧蹄館（いそがいへきていかん）

猫の目草　春

寄り添って群れ咲く、色淡くやわらかな湿地の花、猫の眼草。茎の先に淡黄色の花が集まって咲き、花の近くの葉はほんのり黄色みを帯びています。猫神様に明かりを灯しているようです。

2月8日　旧1月4日

一寸にして火のこころ牡丹の芽　鷹羽狩行（たかはしゅぎょう）

牡丹の芽　春

冬の間に力を蓄え、次第にほぐれてゆく赤い牡丹の芽。芽吹いたばかりの小さな芽も、めらめらと燃えあがる炎を秘めているようで、やがて花開く大輪の牡丹を想像させる力強さに溢れています。

2月9日　旧1月5日

蕗の薹見つけし今日はこれでよし　細見綾子（ほそみあやこ）

蕗の薹　春

小さな蕗の薹をいくつかみつけました。今日はこれだけで満足です。大地に顔を出した蕗の薹をみ

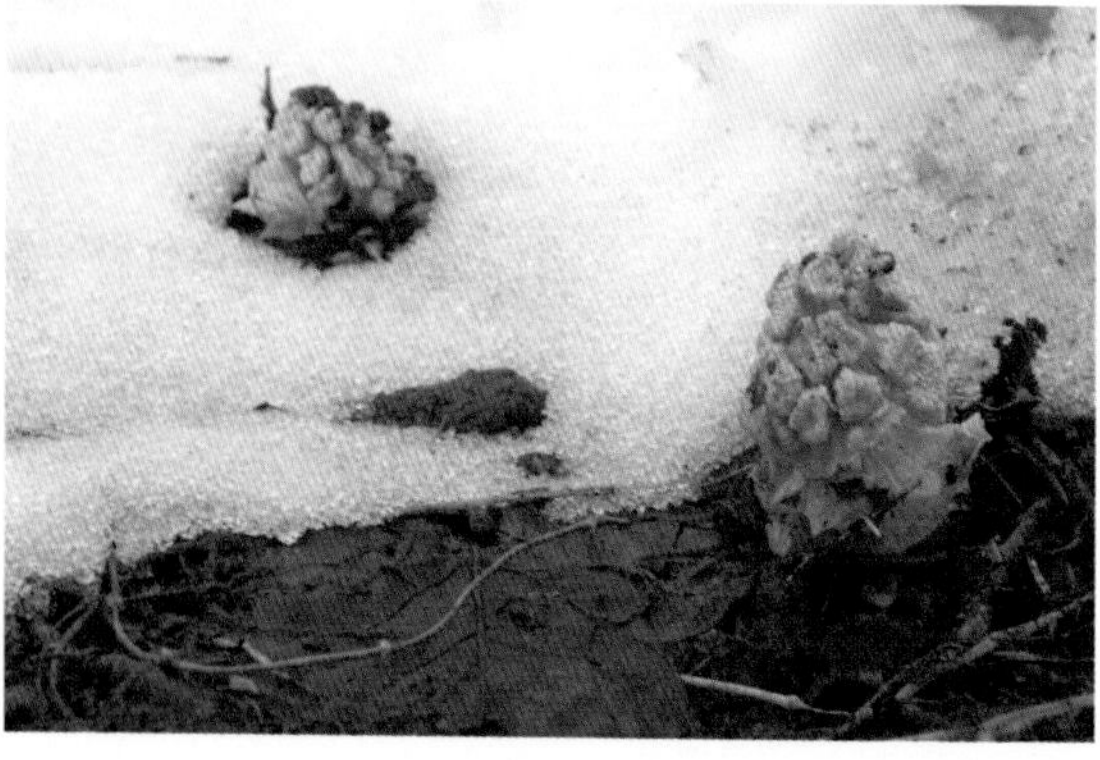

雪の間から顔を出した蕗の薹（新潟県小千谷市）

つける喜び、口にしてほろ苦さを味わい、春の土の恵みをかみしめる嬉しさ。春の訪れを実感します。

2月10日 旧1月6日

おちついて死ねさうな草萌ゆる

草萌ゆる　春　種田山頭火

昭和十四年、放浪の果てに、終の住み処となった松山市御幸寺境内の一草庵に入り「おちついて死ねさうな草枯るる」と詠んだ山頭火。翌年春に改めてこの句を詠み、十月に五十九歳でこの世を去りました。

2月11日 旧1月7日 建国記念の日

まんさくの黄のなみなみと暮れにけり

まんさく　春　古舘曹人

溢れんばかり豊かに咲く金縷梅の黄色が夕闇に包まれていきます。この名は、早春、他の花に先立ち「先ず咲く」から訛ったとも、枝全体にびっしりと咲くことから「豊年満作」を思わせるからとも言われます。

まんさく（山形市）

2月12日 旧1月8日

次の樹へ吹き移りゆく杉花粉

杉花粉　春　右城暮石

杉の花が咲くと、大量の杉花粉が風に吹かれ、煙のように飛散し移動してゆきます。圧倒的な情景です。戦後全国的に杉の木の植樹が奨励され、花粉症を引き起こす原因となってしまいました。

2月13日 旧1月9日

クロッカス咲き並びたるをかしさよ

クロッカス　春　高野冨士子(たかのふじこ)

小さいけれど存在感があり、元気よく並んで咲いているクロッカス。黄色や白の春らしい花の色、キュートで可愛らしい姿が、見る者の心を明るく元気にしてくれます。地中海原産で、日本には江戸時代に渡来しました。

クロッカス（山梨県北杜市・ハイジの村）

2月14日 旧1月10日

かたくりは耳のうしろを見せる花

かたくりの花　春　川崎展宏(かわさきてんこう)

俯いて咲く恥じらうように可憐な片栗の花。古くは「堅香子(かたかご)」といいました。「耳のうしろを見せる花」と言われるとまさにそのとおり。女性が髪をかきあげ、うなじを見せているような楚々とした風情を感じさせます。

2月15日 旧1月11日

さんしゅゆの花のこまかさ相ふれず

さんしゅゆ　春　長谷川素逝(はせがわそせい)

山茱萸（京都市右京区・三秀院）

片栗の花

早春、葉が出る前、たくさんの黄色い花が小枝の先に球形に集まって咲く山茱萸。木全体が真っ黄色に見え、「春黄金花」とも言われます。細かく密集しているようでいて、よく見るとひとつひとつが独立して咲いています。

2月16日　旧1月12日

野に立つはまぶしき孤独猫柳

猫柳　春　落合水尾

水辺で猫柳がふくらみを増し、やわらかな早春の光に美しく輝いています。しかし明るい光に包まれてきらめく猫柳が、逆に孤独感をつのらせるのです。猫柳は柳の一種。銀白色の花穂を猫の尾に見

立て、名づけられました。

2月17日　旧1月13日

下萌や土の裂け目のものの色

下萌　春　炭太祇

冬枯れの黒い地面から、淡い緑がそっと顔を覗かせて、春の訪れを伝えます。春になって草の芽がわずかに萌え出ることを「下萌」といい、さらに緑が地上に広がってゆくさまを「草萌」といいます。

2月18日　旧1月14日

剪定の夕日まぶしくなりにけり

剪定　春　細川加賀

パチパチと小気味いい剪定鋏の音が響き、枝が取り払われていきます。少しずつ風通しと日当たりがよくなっていき、一日の仕事が終わると、木の向こうの夕日が美

下萌（東京都板橋区・赤塚植物園）

しく眩しく輝きました。

桜の剪定作業（青森県弘前市・弘前公園）

2月19日 旧1月15日　雨水

犬ふぐりどこにも咲くさみしいから

犬ふぐり　春　高田風人子（たかだふうじんし）

畑のわきや道端などどこでも見かける犬ふぐりの花。野に星が瞬くような可憐な花です。地面を這うようにかたまって群れ咲く犬ふぐりの愛らしさが、作者の抱える寂しさを優しく癒やします。昭和二十四年、二十三歳の作です。

2月20日 旧1月16日

白梅のあと紅梅の深空あり

白梅・紅梅　春　飯田龍太（いいだりゅうた）

白梅が咲いたあと、しばらくして紅梅が咲き始めました。落ち着きと気品ある白梅と、若々しい華やぎのある可憐な紅梅。山国のまだ冷たい空気の中、早春の青空がいっそう深く感じられました。

ミモザ（福岡県北九州市・到津の森公園）

2月21日　旧1月17日

ミモザの黄揺れる昨日に堕ちぬため

ミモザ　春　髙澤晶子

鮮やかな黄色の花を木いっぱいにつけ、沸きたつように揺れるミモザ。昨日の自分に戻らないでいられるように、必死に揺れているのでしょうか。ゆらゆらと揺れるミモザになぜか心騒ぎます。

2月22日　旧1月18日

生還の以後の十年さくらの芽

さくらの芽　春　石寒太

がんを宣告され手術を受けて成功、「葉桜のまつただ中へ生還す」と詠んでから十年たちました。一

花芽が膨らんできた染井吉野

年一年歳を重ね、また桜の季節が近づいてきます。思いを込めて、小さな桜の芽をみつめます。

2月23日 旧1月19日

夕空のすこし傾く土佐みづき　大嶽青児（おおたけせいじ）

土佐みづき　春

淡黄色の小さな花が七、八個、穂のように垂れて咲く野趣豊かな土佐水木。高知県の蛇紋岩地（じゃもんがんち）に多く自生するためこの名があります。夕暮れの空に重なるように、枝にぶらさがって咲き、空が傾いているように見えました。

土佐水木（三重県紀北町）

2月24日 旧1月20日

ばらの芽のいくつ種火のごとくあり　斎藤史子（さいとうあやこ）

ばらの芽　春

薔薇の芽が次々と出て、競い合

うように成長していきます。愛と美の象徴と言われる華やかな花を咲かせる薔薇。命の炎を燃やす日を、静かに待っています。

2月25日　旧1月21日

これきりに径（こみち）尽きたり芹の中

芹　春　与謝蕪村（よさぶそん）

雑草生い茂る小さな道。芹におおわれ、この先は道がなくなっています。行き止まりの小道の佇まいを詠んで、心の隅の寂しさ、郷愁を感じさせる一句です。芹は春の七草のひとつ。根白草（ねじろぐさ）ともいいます。

芹の摘み取り（宮城県石巻市・河北地区）

2月26日　旧1月22日

花束の出来上るまで春の雪

春の雪　春　鈴木節子（すずきせつこ）

花屋で花束を頼みました。ふと外を見ると、春の雪が降っています。忙しい日々の中で、花束が出来上がるのを待つ間だけ、そっと静けさに身をひたし、豊かな時間を味わいます。

2月27日　旧1月23日

見放され雀（すずめ）の帷子（かたびら）照り翳る

雀の帷子　春　新谷（あらや）ひろし

雀の帷子は道端や畑などどこでも普通に見られる、いわゆる雑草。花穂の姿を帷子に見立てて名づけ

雀の帷子

られました。誰からも見られなくても、光を受けてきらきら輝いたり暗く翳ったりしながら、小さな命をつないでいます。

2月28日　旧1月24日

はんの木のそれでも花のつもりかな　小林一茶（こばやしいっさ）

はんのきの花　春

赤楊（はんのき）はカバノキ科の落葉高木で、雄花の暗紫褐色の花穂が円柱状に枝から垂れ下がるように咲き、その下に雌花が咲きます。とても花には見えないその姿を、ユーモアたっぷりに詠みました。

赤楊

3月【弥生・花見月】

たんぽぽと桜（北海道・松前公園）

3月1日　旧1月25日

金色（こんじき）の仏ぞおはす蕨かな

蕨　春　水原秋桜子（みずはらしゅうおうし）

第一句集『葛飾』所収。昭和四年に山城と大和を再訪した時の、浄瑠璃寺での一句です。荘厳な輝きを放つ金色の仏さま（九品仏）と、あたりの素朴な佇まいや裏庭に生えた小さな蕨の対比に胸打たれました。

蕨（岩手県）

3月2日　旧1月26日

子のくるる何の花びら春の昼

春の昼　春　髙田正子（たかだまさこ）

子供が小さな花びらをそっと掌にのせてくれました。幼い子が、いつしか歩くようになり、自分で花を摘むようになったのです。明るい春の昼、心がほんわかとあたたかくなりました。

3月3日　旧1月27日　雛祭

蓬摘むそのほかは世を忘れをり

蓬摘む　春　飴山實（あめやまみのる）

香りが邪気を払うとされ、昔から薬や料理に使われてきた蓬。草餅や団子にするため、柔らかい新葉を摘みに行きます。蓬を摘んでいる間は現実を忘れ、悠々と、ただひたすら没頭します。

3月4日　旧1月28日

ままごとの飯もおさいも土筆かな

土筆　春　星野立子（ほしのたつこ）

大正十五年、二十二歳の時、父の虚子の勧めで初めて作った句です。一人遊びしていた小さな男の

子をそのまま詠んだ句ですが、処女作にしてすでに立子の独自の世界があり、豊かな資質が感じられます。

土筆（埼玉県川口市）

3月5日　旧1月29日

隠岐や今木(こ)の芽(め)をかこむ怒濤かな

木の芽　春　加藤楸邨(かとうしゅうそん)

昭和十六年、太平洋戦争の始まる直前の重苦しい時代、孤独と混沌を抱えた三十六歳の楸邨は、後鳥羽院配流の地、隠岐（島根県）へ向かいました。荒々しい自然の中、芽吹き始めた木の芽に、自らの思いを重ねます。

3月6日　旧1月30日　啓蟄

みつまたの花だんまり屋はにかみ屋

みつまたの花　春　田邊香代子(たなべかよこ)

黄色い小さな花を筒状に集めて咲く三椏(みつまた)の花。俯いて咲き、無口なはにかみ屋さんといった風情を感じさせます。枝が三つ又に分かれるところから名づけられました。樹肌は高級和紙の原料となります。

三椏の花（三重県亀山市）

3月7日　旧2月1日

子供よくきてからすのゑんどうある草地

からすのえんどう　春　川島彷徨子（かわしまほうこうし）

烏野豌豆

烏野豌豆（からすのえんどう）が咲く近所の草地に、子供たちがよく集まって遊んでいます。なつかしく心あたたまる情景です。烏野豌豆は赤紫の蝶形の小さな花、くるくる巻いた蔓が愛らしい、マメ科の一年草です。

3月8日　旧2月2日

茅花（つばな）さく岡にのぼれば風の吹く

茅花　春　村上鬼城（むらかみきじょう）

茅花は野や川原などに広く群生する茅萱（ちがや）の若い花穂。鞘（さや）に包まれた槍の先のような茅花は、やがてほぐれて銀白色の美しい穂をなびかせます。岡に登り視界が開けると、一面にやわらかい穂が風に揺れ、そよいでいました。

3月9日　旧2月3日

たんぽぽのぽぽのあたりが火事ですよ

たんぽぽ　春　坪内稔典（つぼうちねんてん）

蒲公英

「ぽぽのあたり」とはどこなのかわからないけれど、なんだか楽しくて覚えてしまい、いつのまにか口ずさんでいます。俳句の本質は「口誦性」と「片言性」にあると いう作者の、遊び心溢れる一句。作者の代表作のひとつです。

3月10日 旧2月4日

花了へてひとしほ一人静かな

一人静　春　後藤比奈夫

白い花穂をそっと伸ばして、日陰にひっそりと咲く一人静。楚々とした風情を源義経の愛した静御前にたとえて、吉野静ともいいます。花が咲き終えて萎れると、いちだんと哀れを誘います。

3月11日 旧2月5日

泥かぶるたびに角組み光る蘆

蘆の角　春　高野ムツオ

泥だらけの川から強く立ち直り、鋭い穂先を光らせる蘆。二〇一一年、多賀城市（宮城県）で東日本大震災に遭遇した作者が、市の中心を流れる砂押川の川原の蘆をモチーフに作句、人間の底力と希望を感じさせる一句です。

3月12日 旧2月6日

ヒヤシンスしあわせがどうしても要る

ヒヤシンス　春　福田若之

すっと伸びた茎の先に愛らしい花をいくつも咲かせるヒヤシンス。東日本大震災直後に発表された句です。平成三年生まれ、当時十九歳の作者の、ひたむきで切実な思いが胸を打ちます。

ヒヤシンス

紫雲英（三重県いなべ市）

3月13日 旧2月7日

どの道も家路とおもふげんげかな

げんげ　春　田中裕明（たなかひろあき）

一般に蓮華（れんげ）、蓮華草（れんげそう）と呼ばれる紫雲英（げんげ）の花。春の野や田んぼに咲きあふれて、紅色に彩ります。紫雲英の咲く道はどの道も、幼い頃の家路へとつながっているようになつかしく感じられるのです。

3月14日 旧2月8日

菫程な小さき人に生れたし

菫　春　夏目漱石（なつめそうせき）

目立たずひっそりと咲く小さな菫のように、権威や権力にこだわらず無心に清らかに。そんな生き

方をしたいのです。明治三十年作。生涯の約二千四百句の内、漱石が熱心に作句に励み、約千句を詠んだ熊本時代の作品です。

菫（茨城県）

3月15日　旧2月9日

十七となりぬ芽に出て黄水仙

黄水仙　春　大石悦子（おおいしえつこ）

昭和三十年、十七歳の作。高校時代に作句を始めた作者の初々しい一句で、第一句集『群萌』の最初に置かれています。美しい黄水仙の芽が、これから広がる自分の明るい未来を予感させます。

3月16日　旧2月10日

春蘭や雨をふくみてうすみどり

春蘭　春　杉田久女（すぎたひさじょ）

山中に春蘭が咲いています。春蘭は東洋蘭の仲間で、昔からその清らかな姿を愛されてきました。しっとりと雨に濡れ薄緑色に透ける花の美しさ。平仮名の表現が、花の命のふくらみとやわらかさを感じさせます。

3月17日　旧2月11日

夢の世やぺんぺん草の遊びせむ

ぺんぺん草　春　甲斐由起子（かいゆきこ）

ぺんぺん草は、春の七草のひとつ、薺（なずな）のこと。道端や野でよく見かけます。夢のように過ぎるこの世で、ぺんぺん草をくるくると回して小さな三角の実を触れ合わせ、そのかすかな音を楽しみましょう。

華鬘草

3月18日 旧2月12日 彼岸入り

語り歩きにいや遠く来ぬ華鬘草（けまんそう）

華鬘草 春 鳥羽（とば）とほる

山道で、ユニークな山野草に出会いました。可愛らしい花が一列に並んで垂れて咲く華鬘草です。

ふとあたりを見渡すと、話しながら歩いているうちに、ずいぶん遠くまで来てしまったようです。

3月19日 旧2月13日

連翹（れんぎょう）の鞭しなやかにわが夜明け

連翹 春 成田千空（なりたせんくう）

眩しいばかりの黄色い花を枝いっぱいに咲かせる連翹。枝が柳のように撓み、地につくとそこから根を出します。夜明けの光の中、たくさんの枝が弧を描いて枝垂れるさまに勢いがあり、美しくしなやかな鞭と感じました。

3月20日 旧2月14日

ぜんまいやつむじ右まき左まき

ぜんまい 春 阿部月山子（あべがっさんし）

蕨と並ぶ春の山菜の代表、薇（ぜんまい）。新芽が銭のような円形に巻いているので「銭巻（ぜにまき）」からこの名がつきました。のの字に巻いた頭は右まき？ 左まき？ という問いかけから、春ののどけさが伝わってくるようです。

3月21日 旧2月15日 春分の日

花あれば西行の日とおもふべし

花 春 角川源義（かどかわげんよし）

「願はくは花の下にて春死なむそのきさらぎの望月のころ」と願い、

連翹（奈良市・不退寺）

その通りに没した西行。桜が咲けば西行の日と思えと詠むこの句は、西行への憧憬とともに自らの死への覚悟と願望が伝わる、源義の代表作です。

3月22日 旧2月16日

すかんぽをかんでまぶしき雲とあり

すかんぽ　春　吉岡禅寺洞（よしおかぜんじどう）

すかんぽの名で知られる酸葉（すいば）。子供の頃、水気の多い若い茎を折ってかじり、そのすっぱい味を楽しんだものです。見上げると大きな春の空に、真っ白な雲が流れていきます。

3月23日 旧2月17日

沈丁の花をじろりと見て過ぐる

沈丁花　春　波多野爽波（はたのそうは）

甘い香りに誘われたように、沈丁花（じんちょうげ）の花をじろりと見て、そのまま過ぎていったのはどんな人でしょう。この人は花に興味がないのか、どんなことを考えているのか、いろいろ想像を誘う一句です。

3月24日 旧2月18日

喇叭水仙（らっぱすいせん）笑ひ上戸の集ひけり

喇叭水仙　春　渡辺恭子（わたなべきょうこ）

鮮やかな黄色の喇叭水仙。清楚で気品ある冬の水仙に比べ、春の明るさが感じられます。英名はダ

沈丁花

喇叭水仙（香川県綾川町）

ッフォディル、イギリスの春を告げる花です。花を囲む仲間たちの笑い声が響きます。

3月25日　旧2月19日

水草生(みくさお)ふひとにわかれて江に来れば

水草生う　春　日野草城(ひのそうじょう)

ひとと別れて、もの寂しい、どこか人恋しい気持ちのまま訪れた水辺。さまざまな水草が、いきいきと豊かに生え始め、春の到来と明るさを感じさせました。第三句集『昨日の花』所収の、情感豊かな一句です。

3月26日　旧2月20日

わが山河まだ見尽さず花辛夷

花辛夷　春　相馬遷子(そうませんし)

山国に春の訪れを告げる辛夷の花が咲き始めました。昭和四十九年、がんの疑いで入院、手術した時の句です。故郷、佐久（長野県）の風土への愛着、生への執着と無念の思いが、切実に感じられます。

3月27日　旧2月21日

虎杖(いたどり)を折ればいまでもぽんと音

虎杖　春　山口(やまぐち)いさを

臙脂色の、筍のような太い茎の虎杖。春の新芽は山菜として古く

花辛夷（三重県菰野町）

から食べられてきました。やわらかい新芽をぽこんと折り、おやつがわりに食べた子供の頃。その音とともに、遠い昔が甦ります。

3月28日 旧2月22日

はくれんの祈りの天にとどきけり

はくれん　春　日下野由季（ひがのゆき）

はくれんは白木蓮をさします。上を向いて真っ白に輝く白木蓮は、天へ向かって祈りを捧げるような清らかさ、凛とした力を感じさせました。抒情性豊かで、気品溢れる一句です。

はくれん（高松市・栗林公園）

3月29日 旧2月23日

揺るるたび花増えてゐる雪柳

雪柳　春　伊藤政美（いとうまさみ）

枝垂れた枝に、小さな雪のよう

な白い花をつける雪柳。揺れるたび、増えていると言われるとほんとうにそんな気がします。波打つように揺れる雪柳の優雅な美しさを、見事に言い留めました。

雪柳（東京都立川市・国営昭和記念公園）

3月30日 旧2月24日

デージーは星の雫に息づける

デージー　春　阿部(あべ)みどり女(じょ)

デージーの名で親しまれる可憐な雛菊(ひなぎく)。長く咲き続ける生命力の強さから、延命菊(えんめいぎく)、長命菊とも言われます。朝開き、夜は閉じてしまいますが、星空の下、小さな命は静かに豊かに息づいています。

3月31日 旧2月25日

足もとにありししあわせ花はこべ

花はこべ　春　北(きた)さとり

道端や野で普通にみられる蘩蔞(はこべ)。よく見ると、やわらかい葉の間に五ミリほどの白い小さな花が咲い

デージー

はこべ（長野県）

ています。ふだんは気にもとめていなかったけれど、幸せはこんな足元にありました。

桜

エッセイ

花よ緑よ有り難う

池田澄子（俳人）

東南に向く外壁のすぐ傍にあるピンクの椿が一つ咲いた。他の蕾も膨らんでいる。この椿、いくら伐っても外壁に枝葉が触ってしまうほど窮屈なところにある。植えた覚えがないので実生である。ところが、蕾は壁側の暖かさが気持ち良いらしく壁側へ壁側へと、隠れるように咲くので、花がどれも後ろ向きになる。そして最後に漸く、表側の広々としたところの蕾がほころぶ。

と、散文なので説明が出来た。では一句、と思うとちょっと無理。俳句は、成

り行きの中の瞬時を書き留めることは出来るけれど、成り行き自体を説明することには向いていない。説明されると読者は、あぁそうでしたか、と成り行きを理解して終わってしまう。年がら年中、出来れば俳句を詠んでいたい私達だけれど、言いたいことが多すぎるときには、ホント苦労するのである。

「俳句αあるふぁ」毎号の、「歳時記３６５日」は愉しかった。一日一句を丁寧に選び、心を寄せた丁寧な解説を付している。編集人が俳句を好きでなければ続けられないものであった。写真も明るく親しい嬉しいものだった。花図鑑ではないので撮り方もさまざまで、その写真を撮った人、その写真を選んだ人の思いや思惑までついつい深追いしたくなるものだった。

『花と緑の歳時記３６５日』、例えば四月、水面に落ちた椿の花の写真がある。普通は、咲いている椿の写真、或いは木の下に落ちている俯せの椿か、地面を真っ赤に埋め尽くす落花が出てくるけれど……と傍にある俳句を見る、と、「落椿われならば急流へ落つ」、鷹羽狩行の有名な一句。一句が写真を呼んだのである。え？　コレは何？　私も八つ手の花をアップで撮ったことがあって、その花の

作りの複雑さに驚いたことを思い出した。その花に似ている、でもちょっと違うみたい、と思いながら写真の脇を見ると、「葱坊主」の句があって、写真をよく見ると蜂が一匹とまっているではないか。写真の傍に「葱坊主の花に止まる蜜蜂（香川県善通寺市）」と付記があった。

二〇二一年は、前年からの新型コロナウイルス騒動によって、誰もがなるべく外出せず人に逢わずの暮らしのままに始まった。昔々から地球上では、時折こういうことが起こっていた。そのことで多分、人は人を、改めて愛おしく思い直すということをしてきたのではないか。私は、こんなに人恋しい人間だったのかと驚いた。電話でも手紙でも、必ず誰もが、早く逢いたいと嘆いた。一堂に会しての句会がしたいと何度話し合ったことか。温かくなったら草原か芝生に何か敷いてでも、逢って句会をしましょうよ、などと。

家から近いところに小さな川が流れている。その畔はよい散歩道で、どの季節でも、早朝から夜まで散歩やジョギングの人が絶えない。私もその中の一人。一人で速足でさっさと行って帰ることも、家の近い友人とお喋りしながら遠くまで

脚を延ばすこともある。少しサボると、ちゃんと草木の姿が変っている。どこに何の樹があるかはほぼ分かっているので、孫の成長や体調を確かめに行く気分に近い。あら、ちゃんと咲いていたのね、と語り掛けたくなる。

つい先日の寒く晴れた日、友人と歩いた。樹木の下一帯に不思議なほど緑鮮やかに冬草が繁茂していた。そう言えば「冬青草」という言葉がある。その見事な緑にキャーキャー喜んだ。そしてその青草の下にびっしりモコモコとある、陽を浴びてと言うよりは陽を溜めこんでいる枯草の、気持ちよさそうな姿を嬉しく眺めた。青草も枯草も幸せそうで私たちも気持ちがほっこりと幸せだった。

昔々、小学校一年生の時に住んでいた家の庭の隅に、橙色の花が咲いていた。ウチにも、もっとぱーっと、ピンクや赤の花があったらいいのに、と思ったことを覚えている。今思えばそれは射干。その黒い実は、枕詞で知られる「ぬばたま、うばたま」。今は大事に狭庭の隅に育てている。「射干」の漢字も何故か何かを誘うのである。

子供も花を喜ぶし、花を見せて喜ばせた覚えもあるのに、何故か私には、若い頃に花を喜んだ記憶が薄い。

花どころではない時代に育ったからなのか個人差なのか、不思議だ。やや大人にな

ってからも私は、自然よりも人間に関心が濃くて、我ながら無粋だと思っていた。勿論、海や川の見える処を散策することは愉しかったし、旅行も愉しかった。花筵だってわくわくした。が、それは人と共に居ることの、背景としての自然であり緑であったように思う。

ハズカシナガラ昔々の遠距離恋愛中、新幹線もない時代、ちょっと行って逢ってくるとはいかない時代、よく日本海を眺めて恋人を思った。逢えない人に、想いの中で逢うために海への砂丘を登った。玫瑰が咲いていたり、実がなっていたり、砂が熱かったり、春風が優しかったりした、確かに。でも、それはその時の私には、単なるその場の状況だったようだ。勿体ないにも程がある。

遅かったけれど俳句に出会って、ホントよかった。俳句が私を、自然を愛するニンゲンに変えてくれた。冬青草を喜び、その下の枯葉に心躍るとは、俳句に出会う前には考えられないことだった。俳句は私を変えたなー、と時折思っては、俳句という詩形式に感謝している。我ながら素直になっている。私よりも、花や緑や落葉の方がエライのだ。花や緑の前の私は、

パソコンを見ていて目が痛くなったので、ちょっと休憩。立ち上がって窓の外を眺めると、まだまだ蕾の硬い、そして厚ぼったい葉の椿が見える。こちらの椿は、この家を建てたときに植木市で買ってきたものだ。深い濃い紅色と白が、きっちり半分に分かれている大きな一輪が、小さな木に咲いていた。

翌年以来、少しずつ大きくなったその木には、紅一色の大輪の花や、白の部分と紅の部分が様々にまじりあったものが咲く。成程、遺伝の法則に従っているのだ。大木にならないように毎年せっせと切り詰めている。毛虫が付かないように花の後は気を付ける。毛虫が付いてもそれはそれ、あぁそういう季節ネ、と思うのだから我ながら驚く。孵らないうちに枝や葉を切り捨てたり、ゴメンナサイネェと薬を撒いたり。全て俳句のお蔭、という気分。その椿の蕾はまだまだ硬い。その辺りに緑濃い細長い葉が束ねてある。曼珠沙華の葉である。今は二月、まだまだ緑鮮やかで、球根の為に光を吸収しているように見える。遅咲きの梅の蕾が少しほころんでいる。

沖縄では緋寒桜が咲いていて、こちら東京も、桜並木の夫々の梢が何となく暖かな色合いになり始める。春光の中、桜を眺めて、皆が一層、友に逢いたくなるに決まっている。

「中空にとまらんとする落花かな　中村汀女」に合わせて、満開の桜の上空に、一片の花びらが浮いている写真が、『花と緑の歳時記365日』、四月初めの頁にある。

池田澄子（いけだ・すみこ）
一九三六年生まれ。三橋敏雄に師事。句集『空の庭』『たましいの話』『此処』他。対談集『兜太百句を読む・金子兜太×池田澄子』。エッセイ集『あさがや草紙』他。受賞・第七十二回読売文学賞など。

日本の四季と歳時暦

二十四節気と七十二候

二十四節気について

「二十四節気」は、十二個の「節気」と十二個の「中気」からなります。節気を三等分したものが、「七十二候」で、今から二千数百年前の中国の黄河流域でつくられ、農作業のめやすとされました。日本では、中国の風土や季節と合わないため、江戸時代に日本向きに修正されました。それが１８６頁からの表です。今では、日本の風土や天気現象に合わない名称も見られますが、季節の暦上のくぎりなどでは、使われつづけています。

七十二候について

七十二候は、もともと暦とともに中国から伝来しましたが、大陸の季節感と日本の季節感は異なるうえ、荒唐無稽なものも多いため、江戸時代の貞享年間（一六八四〜八八）に渋川春海という学者が、日本の生活に即したものにアレンジしました。

春海の日本版七十二候はその後、明治時代に新暦が採用されてからも公式に用いられました。本書に掲載した七十二候の一覧は、この日本版です。

七十二候というと、現代の歳時記にも季語として残る「鷹化して鳩となる」「田鼠化して鶉となる」をご存じの方もおられるかも

しれませんが、これは中国の七十二候であり、日本版には採用されませんでした。

この七十二候には、現代人には不思議に見える箇所がいくつかあります。例えば「魚上氷」（うおこおりをいずる）の「出ずる」や「乃東枯」（なつかれくさかるる）の「枯るる」は連体形なのに、「虹始見」（にじはじめてあらわる）の「現る」や「水始涸」（みずはじめてかる）の「涸る」は終止形になっており、不統一です。また「芹乃栄」（せりすなわちさかう）の「栄う」（本書では新仮名遣いで表記していますが歴史的仮名遣では「さかふ」）は、「さかゆ」の誤りではないか？　とも思われるかもしれません。

しかしこれらは決してミスではありません。現在知られている日本版七十二候のほとんどは、明治時代に暦の専売を行っていた頒暦商社が発行していた「略本暦」を参考にしていますが、この「略本暦」にはたしかにこのように書かれているのです。実は当時の文法（私たちにとっての古典文法）は、連体形と終止形の区別があいまいだったり、ヤ行の動詞がハ行になっていたりしました。現在の私たちが学校で習ったり、俳句のために勉強している古典文法は、明治以後の学者が、平安時代の文法をベースに整理したものです。平安時代を基準にしたので、それより後の時代になって変化した部分は、学校や俳句の本には載っていませんが、別に誤りというわけではありません。「サカエル」はハ行の「栄ふ」ではなくヤ行の「栄ゆ」に統一しようと、後の時代になって勝手に決めただけなのですから。

現在教えられている古典文法のルールに合わせて、七十二候を書きあらためることも可能ですが、江戸時代、そして明治時代の生きた言葉に触れることにも意味があると考え、そのままの形でご紹介します。

春

二十四節気（◉節気・◑中気）

◉立春（りっしゅん）（2月4日ころ）

◑雨水（うすい）（2月19日ころ）

◉啓蟄（けいちつ）（3月5日ころ）

2月

3月

七十二候

東風解凍（こちこおりをとく）

黄鶯睍睆（うぐいすなく）

魚上氷（うおこおりをいずる）

土脉潤起（つちのしょううるおいおこる）

霞始靆（かすみはじめてたなびく）

草木萌動（そうもくめばえいずる）

蟄虫啓戸（すごもりむしとをひらく）

桃始笑（ももはじめてさく）

菜虫化蝶（なむしちょうとなる）

初春

天気現象（◎）・雑節（■）

■節分　2月3日または4日

◎春一番

◎寒の戻り

◑ 春分（しゅんぶん）（3月20日ころ）

● 清明（せいめい）（4月4日ころ）

◑ 穀雨（こくう）（4月19日ころ）

4月

雀始巣（すずめはじめてすくう）

桜始開（さくらはじめてひらく）

雷乃発声（かみなりすなわちこえをはっす）

玄鳥至（つばめきたる）

鴻雁北（こうがんきたへかえる）

虹始見（にじはじめてあらわる）

葭始生（あしはじめてしょうず）

霜止出苗（しもやんでなえいずる）

牡丹華（ぼたんはなさく）

春

◎彼岸西風（ひがんにし）　■彼岸　■社日

◎菜種梅雨

◎春の荒天

夏

二十四節気（◉節気・◑中気）

- ◉立夏（5月5日ごろ）
- ◑小満（5月20日ごろ）
- ◉芒種（6月5日ごろ）

七十二候

5月

- 蛙始鳴（かわずはじめてなく）
- 蚯蚓出（みみずいずる）
- 竹笋生（たけのこしょうず）
- 蚕起食桑（かいこおきてくわをはむ）
- 紅花栄（べにばなさかう）

6月

- 麦秋至（むぎのときいたる）
- 蟷螂生（かまきりしょうず）
- 腐草為蛍（くされたるくさほたるとなる）
- 梅子黄（うめのみきばむ）

初夏

天気現象（◎）・雑節（■）

- ■八十八夜
- ◎走り梅雨（卯の花腐し）
- ■入梅

◐夏至（げし）（6月21日ごろ）

◉小暑（しょうしょ）（7月7日ごろ）

◑大暑（たいしょ）（7月22日ごろ）

7月　8月

乃東枯（なつかれくさかるる）

菖蒲華（あやめはなさく）

半夏生（はんげしょうず）

温風至（あつかぜいたる）

蓮始開（はすはじめてひらく）

鷹乃学習（たかすなわちわざをなす）

桐始結花（きりはじめてはなをむすぶ）

土潤溽暑（つちうるおうてむしあつし）

大雨時行（たいうときどきにふる）

梅雨　夏

◎梅雨の中休み

■半夏生　■七夕

◎梅雨明け

■土用

二十四節気（◉節気・◑中気）

◉立秋（りっしゅう）（8月7日ころ）

◑処暑（しょしょ）（8月23日ころ）

◉白露（はくろ）（9月7日ころ）

8月

9月

七十二候

涼風至（すずかぜいたる）

寒蝉鳴（ひぐらしなく）

蒙霧升降（ふかききりまとう）

綿柎開（わたのはなしべひらく）

天地始粛（てんちはじめてさむし）

禾乃登（こくものすなわちみのる）

草露白（くさのつゆしろし）

鶺鴒鳴（せきれいなく）

玄鳥去（つばめさる）

夏

初秋

天気現象（◎）・雑節（■）

■二百十日

■二百二十日

◐秋分（9月22日ころ）

雷乃収声（かみなりすなわちこえをおさむ）

蟄虫坏戸（むしかくれてとをふさぐ）

水始涸（みずはじめてかる）

●寒露（10月8日ころ）

鴻雁来（こうがんきたる）

菊花開（きくのはなひらく）

蟋蟀在戸（きりぎりすとにあり）

◑霜降（10月23日ころ）

霜始降（しもはじめてふる）

霎時施（こさめときどきふる）

楓蔦黄（もみじつたきばむ）

10月

秋

◎秋の長雨（霖雨）の季節

冬

二十四節気（◉節気・◑中気）

二十四節気	時期	月
◉立冬	（11月7日ころ）	11月
◑小雪	（11月22日ころ）	11月
◉大雪	（12月7日ころ）	12月

七十二候

- 山茶始開（つばきはじめてひらく）
- 地始凍（ちはじめてこおる）
- 金盞香（きんせんかさく）
- 虹蔵不見（にじかくれてみえず）
- 朔風払葉（きたかぜこのはをはらう）
- 橘始黄（たちばなはじめてきばむ）
- 閉塞成冬（そらさむくふゆとなる）
- 熊蟄穴（くまあなにこもる）
- 鱖魚群（さけのうおむらがる）

初冬

天気現象（◎）・雑節（■）

- ◎秋晴れ　小春日和の季節
- ◎木枯らし一号
- ◎時雨の季節

◑冬至（12月21日ころ）

乃東生（なつかれくさしょうず）
麋角解（おおしかのつのおつる）
雪下出麦（ゆきわたりてむぎいずる）

◉小寒（1月6日ころ）

芹乃栄（せりすなわちさかう）
水泉動（しみずあたたかをふくむ）
雉始雊（きじはじめてなく）

◑大寒（1月20日ころ）

款冬華（ふきのはなさく）
水沢腹堅（さわみずこおりつめる）
鶏始乳（にわとりはじめてとやにつく）

1月

冬

◎冬至冬中冬始め

◎関東空っ風

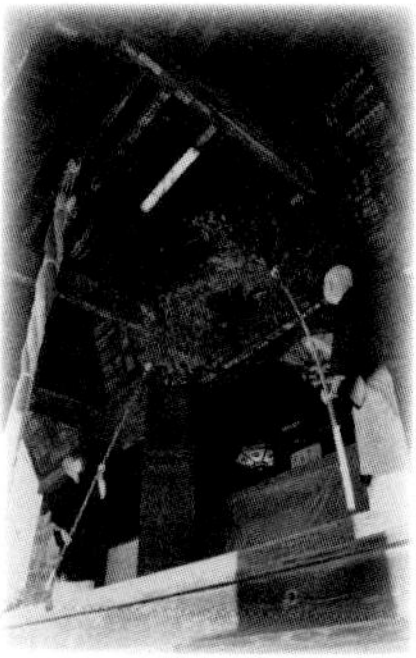

季語索引

あ

か

さ

た

な

ま

や

ら

わ

俳句人名索引

あ

さ

た

写真　永田勝茂（毎日新聞社）
デザイン　戸塚泰雄（nu）

花と緑の歳時記365日

印刷　2021年3月20日
発行　2021年4月5日

編者　俳句αあるふぁ編集部
発行人　小島明日奈
発行所　毎日新聞出版
〒102-0074
東京都千代田区九段南1-6-17 千代田会館5階
営業本部　03-6265-6941
図書第一編集部　03-6265-6745
印刷・製本　光邦

ISBN 978-4-620-32677-1